El triángulo de la felicidad

Erasmus Cromwell-Smith

ISBN:
Editorial: Erasmus Press.
Editor: Elisa Arraiz Lucca
Diseño de portada y diseño interior: Alfredo Sainz Blanco.
Corrección de estilo: María Elena Peña, D. Suster.

Impreso en EE. UU.

erasmuscromwellsmith.com

Para mis hijos,

*"...Nuestros Unicornios Azules en la vida existen,
solo si podemos verlos..."*

Erasmus Cromwell-Smith Books

<u>In English</u>   <u>En Español</u>

(Inspirational/Philosophical)   *(Inspiracional/Filosófica)*
<u>The Equilibrist series:</u>   **<u>La serie el equilibrista:</u>**
• The Equilibrist (Vol. 1)   • El Equilibrista (Vol. 1)
• Geniality (Vol. 2)   • Genialidad (Vol. 2)
• The Magic in Life (Vol. 3)   • La magia de la vida (Vol. 3)
• Poetry in Equilibrium (Vol. 4)   • Poesía en equilibrio (Vol. 4)

(Young Adults)   *(Jóvenes Adultos)*
<u>The Orloj Series:</u>   **<u>La serie el orloj:</u>**
• The Orloj of Prague (Vol. 1)   • El Orloj de Praga (Vol. 1)
• The Orloj of Venice (Vol. 2)   • El Orloj de Venecia (Vol. 2)
• The Orloj of Paris (Vol. 3)   • El Orloj de Paris (Vol. 3)
• The Orloj of Munich (Vol. 4)   • El Orloj de Munich (Vol. 4)
• Poetry in Balance (Vol. 5)   • Poesía en Balance (Vol. 5)

(Educational)   *(Educacional)*
<u>The South Beach</u>   **<u>El método conversacional</u>**
<u>Conversational Method:</u>   **<u>South Beach:</u>**
• Spanish   • Español
• English   .   • Inglés
• German   • Alemán
• French   • Francés
• Italian   • Italiano
• Portuguese   • Portugués

(Sci-fi)
<u>The Nicolas Tosh Series:</u>
• Algorithm-323 (Vol. 1)
• Tosh (Vol. 2)

As Nelson Hamel*
(Action-Thrillers)
<u>The Paradise Island Series:</u>
• Miami Beach,
  Dangerous Lifestyles (Vol. 1)

(Sci-fi)
<u>The Rebel Hacker Series:</u>
The Rebel Hackers of Point of Point Breeze (Vol. 1)

* In collaboration with Charles Sibley.

Nota del Autor

"La Historia Detrás de la Creación del Primer Volumen de la Serie El Equilibrista".

A veces, los regalos oportunos vienen en paquetes diminutos. Sinceramente espero que esto sea cierto para la serie *El Equilibrista*. En particular, siento la necesidad de compartir la historia de cómo el primer volumen cobró vida, ya que retrata las múltiples facetas de la condición humana.

El arte detrás de la creación de este libro trasciende las tribulaciones anecdóticas, las circunstancias o el entorno. Aunque estos elementos son fascinantes y valen la pena ser explorados, siguen siendo una historia aún por contar. En lugar de eso, esta historia se formó no por el dónde, qué o quién, sino por algo mucho más profundo y personal.

Este escrito mágico se convirtió en arte por la forma en que se desarrolló—como si fuera guiado por algo más allá del pensamiento racional, impulsado únicamente por mi esencia cruda y sin filtrar. *El Equilibrista* es profundamente personal para mí porque, sin quererlo, me permitió expresarme a través de las palabras escritas de una manera que siempre había soñado. Es el libro que siempre quise escribir, la marca en mi lista de deseos: "Escribir un libro significativo".

Independientemente de cómo resuene con los demás, el viaje de crearlo fue una experiencia única en la vida. Su finalización trajo una inmensa satisfacción personal al darme cuenta de que los sentimientos, los sueños y la sabiduría se habían fusionado perfectamente con las palabras, transformándose en arte puro y simple.

Todo comenzó con pequeños poemas y ensayos breves que visualizaba en mi mente—algunas veces solo una palabra o una frase, y otras veces una idea completa. No había un patrón o esfuerzo deliberado; no siempre podía discernir los estímulos detrás de estas inspiraciones. Simplemente era mi reacción a la vida tal como se desplegaba ante mí, filtrada a través de la lente aumentada de mis creencias y experiencias. A lo largo de tres años, estos escritos se acumularon en una pila. Al revisarlos, me di cuenta de que no eran divagaciones aleatorias, sino más bien un tapiz que formaba un ciclo completo de vida, tratando temas profundos y asuntos que reflejaban mi percepción del viaje de la vida.

Cuanto más examinaba la pila, más claro se volvía que era diferente a cualquier cosa que hubiera escrito antes. Durante el mismo período, también estaba escribiendo novelas—historias con tramas y personajes creados puramente para entretenimiento. Esos trabajos eran deliberados y controlados. Los modificaba, revisaba y pulía sin cesar, moldeando la ficción para que encajara perfectamente en la realidad a través de lo que yo llamaba "perfección por desgaste." Estas novelas se convirtieron en productos bien empaquetados, listos para el consumo.

Pero los poemas y ensayos eran completamente diferentes. Crecían de manera orgánica, fuera de mi control, surgiendo en momentos de inspiración. Noche tras noche, la pila me miraba, desafiándome a comprender hacia dónde se dirigía este proceso creativo único.

Entonces, un día, simplemente supe que estaba completo. No me pregunten cómo—simplemente lo supe. La pregunta natural siguió: ¿Qué es esto? ¿Es solo una colección de poemas y ensayos? Pensé en el síndrome de las "imágenes en exhibición," donde los espectadores solo ven el arte en las paredes, dejados a especular sobre la intención del artista.

¿Cuánto más rica sería la experiencia si los pensamientos y emociones del artista fueran parte de la narrativa? Ya sea que estuviéramos de acuerdo con el artista o no, su perspectiva sería una luz guía, mejorando la experiencia.

Con esto en mente, me pregunté: ¿Qué debo hacer con estos escritos? La respuesta no llegó de inmediato. Pasaron meses. Luego, un día inolvidable, como si guiado por la mano de Dios, comencé a recordar a las personas y lugares mágicos que me habían formado desde mi niñez. Fue entonces cuando la represa se rompió y comencé a escribir mi narrativa con seriedad.

Desde el principio, no hubo un orden predeterminado, sin embargo, la historia se tejió sin esfuerzo a través de la pila de poemas y ensayos. Cada pieza encajó como si fuera predestinada, cayendo en su lugar con precisión surrealista. Fue un viaje emocional. La narrativa se convirtió en una recopilación de mí mismo—tejida con los símbolos, momentos y compañeros que habían dado forma a mi vida. No era abiertamente autobiográfica ni literal, sino una reflexión artística de mi viaje, capturando momentos significativos con un profundo significado.

Lo que comenzó como un "librito," *El Equilibrista* creció hasta convertirse en algo profundamente significativo. Espero que disfruten de la serie tanto como yo lo hice al crearla y como continúo disfrutando cada vez que la revisito.

Finalmente, cada palabra de la serie *El Equilibrista* fue escrita con mi familia como mi luz guía. Ellos fueron mi estrella polar, ofreciendo inspiración y claridad. Sé que ellos verán a través del arte, caminarán a mi lado a través de sus páginas y compartirán el viaje como guías y compañeros. Erasmus Cromwell-Smith.

Introducción

Me llamo Erasmus Cromwell-Smith II. Soy académico y escritor. Este libro narra la historia de mi padre. Es el relato de su clase de poesía en 2017, impartida en un colegio de Nueva Inglaterra.

A lo largo de mis años como docente, recibí numerosas solicitudes de antiguos estudiantes de mi padre pidiéndome que contara la historia de esa clase en particular. Debo confesar que fue necesario que me insistieran varias veces antes de que mi curiosidad despertara lo suficiente como para dedicar tiempo a leer sobre las experiencias anecdóticas que sus alumnos vivieron ese año.

Tenían razón; cuanto más leía, más intrigado me sentía, hasta que finalmente decidí hacerlo para honrar su legado. Sin embargo, desde el principio, fue una tarea complicada, ya que, poco después de su fallecimiento, sus valiosos archivos se perdieron tristemente en un incendio. Y aunque mi padre escribió prolíficamente durante su vida, por una razón que todavía no comprendo del todo, nunca hizo pública su poesía.

Por lo tanto, su legado literario se limita a varias obras de ficción publicadas a lo largo de los años, las cuales no me ayudaron en la tarea que tenía entre manos.

Al final, las mejores fuentes de información fueron los propios estudiantes, ya que la mayoría conservaba recuerdos vívidos e incluso algunas notas de clase. Ambas cosas me permitieron reconstruir todos los temas tratados ese año y una buena parte de las propias palabras de mi padre.

Pero la tarea más difícil de todas fue encontrar los libros, apuntes, guiones, manuscritos y escritos que utilizó para esa clase. Finalmente, fueron necesarios varios viajes a su ciudad natal para desenterrar cada uno de ellos. Afortunadamente, logré recuperarlos todos, incluyendo narraciones precisas de las sesiones de mentoría de mi padre, encontradas en los copiosos y detallados diarios que dejaron sus tres mentores.

Como verán, fue un esfuerzo valioso que, una vez completado, me permitió dar a conocer su mundo poético para que todos lo disfruten para siempre.

Es con gran orgullo que les presento a mi padre, Erasmus Cromwell-Smith.

El Equilibrista

El antiguo complejo de edificios de piedra marrón ha albergado al Instituto Real de Estudios Académicos de Cambridge durante más de dos siglos. Esta institución educativa de primer nivel en Nueva Inglaterra irradia un carácter distintivamente británico, lo cual se ajusta perfectamente a sus ricas tradiciones, estricta disciplina y exigente currículo. Nadie encarna mejor el espíritu de la escuela que el Profesor Erasmus Cromwell-Smith. Su voz atronadora, cuidadosamente modulada en cadencia, casi perfecta en dicción y cargada con el peso y la precisión de un acento del sur de Inglaterra, es su característica más distintiva.

Todo en el profesor de sesenta y dos años, soltero y sin hijos, parece desgastado y arrugado: su chaqueta de tweed con coderas de cuero, su cárdigan de cachemira, su maletín de cuero, sus zapatos, sus gafas e incluso su rostro surcado de líneas y su cabello despeinado. Sin embargo, a pesar de su apariencia descuidada y mundana, sus estudiantes lo describen como un "profesor increíble" o, en palabras de un gran estadounidense, un poeta "desmesuradamente genial". Al entrar en su clase de poesía, el habitualmente taciturno y reservado Profesor Cromwell-Smith se transforma, como si despertara de un estado catatónico. Se convierte en un torbellino de carisma, conocimiento, talento y paciencia inagotable, cautivando a cada estudiante en el aula.

Lo que nadie sabe, salvo él y su médico, es que, a principios de la semana, al Profesor Cromwell-Smith le diagnosticaron una forma agresiva e incurable de cáncer cerebral. Sin un milagro, la enfermedad pronto lo incapacitará, impidiéndole hacer lo que más ama: enseñar. Pero, lejos de rendirse a la inacción o la autocompasión, el profesor toma rápidamente dos importantes decisiones. Primero, tratará cada día como si fuera el último. Segundo, compartirá con su clase una serie de secretos que ha atesorado durante más de cincuenta años.

De esta manera, la clase de 2017 es única y afortunada. Serán los receptores de un regalo invaluable de su gran maestro, aunque conlleva el riesgo de que su tiempo juntos pueda interrumpirse abruptamente debido al avance de su enfermedad.

Una joven con largos rizos dorados es la primera en llegar. Ha esperado ansiosamente esta clase desde que escuchó al Profesor Cromwell-Smith recitar un poema del laureado Nobel chileno, Pablo Neruda. Hoy, mientras los estudiantes van entrando, perciben algo diferente. El profesor entra al aula a un ritmo más rápido de lo habitual. Su mandíbula está tensa, y sus rápidos y decididos pasos de un lado a otro —un comportamiento poco característico de él— indican que está ansioso por comenzar, esté o no todo el mundo listo. El molesto murmullo del aula se interrumpe cuando él habla, sus palabras de apertura para el nuevo año rompen el ruido con una intensidad deliberada.

Capítulo 1

Libertad y Equilibrio

—En mi clase, la regla más importante es la puntualidad: simplemente lleguen a tiempo para todo. Si la clase comienza a las ocho, lleguen unos minutos antes para estar listos y totalmente preparados a las ocho —declaró el profesor con firmeza, su voz resonando en toda el aula.

—Este año, nuestra clase será un viaje al mundo de la poesía, pero con un giro —continuó, suavizando el tono mientras sacaba de su gastado maletín de cuero un montón de papeles arrugados—. A través de la narración y la lectura, los llevaré al lugar donde nací y crecí.

Echó un vistazo breve a la clase y luego miró los papeles en su mano.

—Aquí vamos —dijo, señalando el inicio del viaje.

—✤—

Nací en 1954 en el pequeño pueblo de Hay-on-Wye, Gales. En aquel entonces, mi lugar de nacimiento aún era medieval, literalmente. Esto era evidente no solo en su arquitectura y tradiciones, sino también en la mentalidad de gran parte de su población.

Muchas tradiciones se mantenían rígidamente, con el propósito de proteger el carácter y el folclore del pueblo frente a los vientos de cambio que barrían el reino.

Mi nacimiento inesperado tuvo lugar mientras mis padres aún vivían en la Gran Bretaña de la posguerra, que, casi una década después de la Segunda Guerra Mundial, todavía tenía heridas abiertas, cicatrices dolorosas y sufría económicamente, especialmente en las zonas rurales. La reconstrucción y reparación de la infraestructura de Gran Bretaña aún continuaba en algunas de las áreas más devastadas. Familias enteras habían sido diezmadas. Era común que al menos un miembro de cada familia no hubiera regresado de la guerra.

Muchos de los que volvieron estaban gravemente heridos, física y, más a menudo, emocionalmente. En ese momento, Gran Bretaña parecía un país dividido en dos mundos: una parte avanzando y la otra lidiando aún con las secuelas de un conflicto devastador.

Sin embargo, mi pueblo natal poseía un encanto único. Sus aldeas y cabañas, pubs y estrechas calles, y letreros de tiendas pintados a mano —todos en tonos pintorescos pero apagados— lo hacían inolvidable. El pueblo es famoso por sus innumerables comerciantes de libros antiguos. Cada pequeña tienda es un tesoro de libros envejecidos, algunos de inmenso valor e importancia, con unos pocos siendo las únicas copias sobrevivientes. Otros están exquisitamente escritos e ilustrados a mano. Cada tienda tiene su cuota de misterios y secretos, laberintos de conocimiento esperando ser explorados.

Algunas de las tiendas son sorprendentemente espaciosas, con interiores cavernosos. Libros antiguos te rodean: apilados en montones, anidados en armarios de madera, aparentemente en cada rincón al que miras. Ciertos libros están fuera del alcance, preservados en contenedores ventilados y cerrados, mientras que otros están al alcance de manos curiosas. Dentro de estas librerías, el olor del papel viejo y el cuero se mezcla con capas de polvo, creando una atmósfera encantadora y atemporal. Añadiendo al misterio están los libreros: eruditos, a menudo excéntricos y ocasionalmente enigmáticos, muchos de los cuales son los propios propietarios.

Crecí entre estas estanterías, impulsado por mi insaciable curiosidad y mi disposición a aprender de los libreros conocedores.

A lo largo de mi infancia, me incliné hacia los más brillantes y tolerantes de estos anticuarios, aquellos lo suficientemente pacientes como para soportar las frecuentes visitas de un joven curioso y persistente, ansioso por descubrir sus tesoros.

Gracias a una beca para Oxford, dejé el pueblo para siempre en mi adolescencia. Para entonces, había explorado innumerables misterios y acumulado una riqueza de conocimiento que aún no había compartido con nadie. Pero todo eso llega mucho después...

Todo comienza justo después de mi octavo cumpleaños.

— ✤ —

Fue en una de esas tiendas, la de la señora Coe, donde lo vi por primera vez. Un hombre extraño con un bigote rizado, como un asa, que giraba entre sus dedos constantemente, como si fuese una segunda naturaleza para él. Sus ojos verdes y enormes estaban llenos de curiosidad, y sus labios formaban lo que parecía un diminuto beso congelado. Me quedé mirándolo desde lejos, observando sus movimientos. Después de pagar, saludó con la mano, hizo un pequeño gesto con su tam-o'-shanter hacia la señora Coe y salió de la tienda.

Cuando cruzó la puerta, me lanzó una mirada fugaz y entrecerró los ojos, como evaluándome. Por razones que no comprendí del todo en ese momento, sentí la necesidad de seguirlo. Manteniendo siempre unos veinte pasos de distancia, lo seguí mientras cruzaba ocho calles serpenteantes hasta que entró en una librería.

Unos minutos después, reuní el valor suficiente para entrar yo también.

—Adelante, muchacho. No seas tímido... ¿Te gustan los libros, ¿verdad? —dijo el hombre al verme entrar, con una enorme sonrisa mientras giraba su excéntrico bigote.

—Sí, señor —respondí con nerviosismo.

—Pues has venido al lugar adecuado —afirmó, abriendo los brazos para señalar los estantes abarrotados.

Ese día, sin saberlo, inicié un viaje hacia un mundo que cambiaría mi vida para siempre, llevándome a una búsqueda interminable de conocimiento y descubrimiento.

—✦—

A partir de entonces, cada semana después de la escuela, pasaba horas explorando lo que se convirtió en mi lugar favorito del mundo: la librería de libros antiguos *Morris-Rose and Sons* (fundada en 1832). Con el tiempo, Justin Morris IV, el dueño de la tienda, no solo me ofreció un lugar tranquilo para leer, sino que también comenzó a involucrarme en largas conversaciones.

Un día, seleccionó para mí un manuscrito encuadernado en cuero que inmediatamente capturó mi imaginación. Ese manuscrito se convirtió en una puerta de entrada a un mundo de sabiduría y maravillas, iniciando un viaje que nunca habría anticipado.

—✦—

Ayer, mientras intentaba entrar en silencio mientras él atendía a unos clientes, mi torpeza me traicionó. La vieja campanilla de bicicleta de la tienda sonó y resonó con una lentitud agonizante, anunciando mi llegada. Para empeorar las cosas, tropecé, no una, sino dos veces, con el mismo viejo libro que yacía en el suelo. Así terminó mi intento de entrar discretamente.

Hoy, caminando con suma cautela, navego cuidadosamente por la tienda hacia mi pequeño rincón de lectura. Mi corazón se acelera al divisar las páginas doradas de mi querido y gigantesco "buen viejo libro", esperándome en su lugar habitual.

Tiempo después, cuando todos los clientes se han marchado, él se acerca y se sienta a mi lado.

Han pasado otras dos horas atemporales con mi excéntrico mentor autodidacta, un papel perfecto y afortunado para un hijo único con una imaginación hiperactiva, una inclinación natural hacia el mundo de los sueños y un amor cada vez mayor por los libros.

—¿Por qué las páginas y las letras son tan grandes? —pregunto, lleno de curiosidad.

—Algunos dicen que esos eran los únicos tamaños de papel disponibles en ese entonces —responde con un brillo en los ojos—. Otros sugieren que, sin iluminación adecuada ni gafas de lectura, los escritores tenían que agrandar su trabajo para poder verlo.

Asiento pensativo, volviendo mi atención al texto.

—"La libertad está dentro de ti" —leo en voz alta, traduciendo trabajosamente el inglés antiguo con un diccionario en la mano. Mi tono pide validación, pero es inútil: no logro entenderlo. Después de incontables días intentándolo, sigo atascado, incapaz de descifrar el significado del enorme y antiguo libro.

Él nota mi frustración y se inclina con una paciencia infinita, la marca de un verdadero maestro.

—En la vida, siempre hay fuerzas opuestas que nos empujan y tiran hacia extremos —comienza—. Un flujo, como el péndulo de un reloj, nos balancea de un lado a otro. El equilibrio es encontrar la libertad dentro del péndulo de la vida, como moverse con el ritmo de un metrónomo.

Me quedo completamente inmóvil, mirando la imagen pintada a mano en la página amarillenta y sobredimensionada. Sus ojos calmados y atentos me animan a perseverar.

—Erasmus —dice suavemente—, levanta el libro y mira el lomo desde arriba.

Desconcertado, sigo sus instrucciones. Allí, entre la cubierta de cuero y el lomo, hay un papel doblado. Lo tomo cuidadosamente entre los dedos y lo saco.

—Adelante, léelo —me anima con una sonrisa que lo dice todo.

El quisquilloso pendenciero y el malabarista ambulante

De pie en la esquina

bajo la farola rota,

en una noche oscura, neblinosa y brumosa,

el quisquilloso pendenciero hace lo que siempre hace:

murmura y refunfuña, divaga y tropieza,

derramando pensamientos y palabras sobre cualquiera y

cualquier cosa.

Sus grandes ojos azules se mueven en la penumbra,

a derecha e izquierda, izquierda y derecha.

Y parecen, llenos de intensidad magnética,

como si estuvieran a punto de saltar

de sus órbitas.

Mientras observa,

tratando de seguir las piruetas de la sombra solitaria,

se pregunta en voz alta:

—¿Qué le pasa a este tipo?

Calle abajo, ajeno a ser observado,

hace malabares mientras se sienta alto sobre los adoquines,

pedaleando la rueda única en ráfagas rápidas.

Pegado al sillín,

su cuerpo se retuerce y contorsiona

en ángulos imposibles, círculos acrobáticos,

desafiando la gravedad con cada movimiento:

hacia atrás, hacia abajo, hacia arriba y hacia los lados.

—Hace malabares mientras mantiene el equilibrio,

sus manos incansables mantienen múltiples objetos

flotando en el aire,

pero nunca maneja más de dos a la vez.

A pesar de los vaivenes, giros y vueltas,

nunca pierde el enfoque ni la concentración

y lo hace todo con absoluta confianza

y determinación resuelta.

—Sí, sí, sí, pero ¿por qué hacer malabares? —
el quisquilloso pendenciero divaga sin parar—.
¿Y qué?
¿A quién le importa vivir una vida al borde,
llena de contorsiones y casi accidentes
a cada paso?
—Porque eso es lo que hacemos en la vida —
susurra la razón—.
Hacemos malabares y nos esforzamos
por mantener el equilibrio,
y a través de la práctica y la experiencia,
aspiramos a dominar ambos,
como él lo hace,
hasta que se sientan naturales.

Finalmente,
la razón prevalece, y el quisquilloso pendenciero concede:
—Como el malabarista,
una y otra vez,
nos esforzamos y luchamos por las calles de la vida,
a veces desafiando lo imposible
y lo improbable.

Eso es lo que hacemos,
Eso es lo que somos:

buscamos, encontramos, conquistamos

y luego nos aferramos con fuerza a la vida.

—Para mantener el equilibrio

y dominar el arte de hacer malabares,

se requiere un esfuerzo disciplinado e implacable,

pues ambos son claves esenciales

para una vida plena y equilibrada.

*

Mientras termino de leer, imagino vívidamente los movimientos del acróbata. Puedo sentir su libertad, casi tocarla.

—Entonces, en la vida, debes hacer malabares para mantener el equilibrio —comienza mi mentor, con una voz firme y deliberada—. Pero para lograrlo, tendrás que aprender y practicar sin cesar. Ambas cosas te otorgarán el conocimiento, la experiencia y la confianza en ti mismo para realizar lo aparentemente imposible sin miedo. Eso sí, como el quisquilloso pendenciero, siempre estarás rodeado de ignorancia y pesimismo. Los detractores siempre estarán ahí... hasta que tus resultados los silencien. Y, por encima de todo, nunca olvides que mantener el equilibrio requiere un trabajo arduo y constante.

Agarro cada palabra que dice, deseando que continúe, pero ese es su estilo: preciso, en movimiento, breve y siempre directo al grano.

—Muy bien entonces —dice el señor Morris enfáticamente, ya inmerso en la búsqueda de nuestra próxima lectura.

Pasa las enormes páginas del libro hasta que encuentra lo que busca. Cuidadosamente, coloca el libro abierto frente a mí. En la página derecha veo una imagen pintada a mano de un equilibrista suspendido muy por encima de una multitud de espectadores. Entonces, mis ojos captan el poema que hay debajo.

Repaso las líneas brevemente antes de empezar a leerlas en voz alta.

El Equilibrista

Nuestras vidas se asemejan a las de los
equilibristas de circo.

Caminamos por un alambre fino y estrecho,
pero sólido:
nuestra vida emocional.

El alambre sirve como nuestro sistema de soporte,
tejido con miles de filamentos
firmemente entrelazados.

Dentro de él se encuentran, entre otros,
nuestros sentimientos, fe, amigos y familia.
El equilibrio es exigente y desafiante,
requiere concentración constante, práctica y atención,
igual que el alambre.
La vida oscila,
de arriba abajo, de derecha a izquierda.

A medida que el equilibrista
desliza con cuidado cada zapatilla hacia adelante,
acariciando suavemente el alambre,
su hazaña, como nuestras vidas,
se convierte en un delicado acto de equilibrio.

Cuanto más perfecciona su sentido del equilibrio,
al igual que nosotros,
más sabiduría y experiencia adquiere,
y más confianza en sí mismo desarrolla.

Porque para un hombre en el alambre,
la perfección casi absoluta
es esencial en cada uno de sus movimientos
cuidadosamente coreografiados.

Sin una sólida vida emocional que nos apoye,
como el alambre de un equilibrista,
no puede haber equilibrio en la vida.

Cuando caemos en excesos de esfuerzo (como el trabajo),
o excesos de ocio (como la diversión),
perdemos nuestro equilibrio
y caemos del alambre.

Las redes de seguridad debajo,

si tenemos la fortuna de tenerlas,

se convierten en nuestros salvavidas.

Cuando estamos sostenidos por el alambre,

y si logramos una sólida confianza en nosotros mismos,

podemos caminar sin ayuda

a través de los vaivenes de la vida.

Pero el equilibrio supremo

solo se alcanza siendo el Equilibrista,

con la vara:

La vara es el Amor.

*

—¿Todos somos equilibristas, señor Morris? —pregunto.

—No, pero todos deberíamos aspirar a serlo —responde.

—Además de evitar caer del alambre hacia los excesos, ¿por qué deberíamos intentarlo?

—El equilibrio es uno de los fundamentos de la felicidad —explica—. Pero tan importante como el equilibrio es, el verdadero mensaje detrás de este escrito es sobre la libertad interior. La libertad es peligrosa, muchacho. Comienza dentro de ti, y su práctica exige una clase de autoconfianza que solo la experiencia y el conocimiento pueden proporcionar.

Hace una pausa, dejando que el peso de sus palabras se asiente antes de continuar.

—No hay una expresión más verdadera del poder que la libertad interior otorga que la actuación de un acróbata. Un acróbata se nutre de ella y actúa porque extrae fuerza de esa libertad interior.

Mientras habla, una realización profunda surge en mí: soy yo quien debe ser libre por dentro.

—La libertad está dentro de mí —digo de repente, asintiendo mientras una tranquila y sabia sonrisa se forma en mis labios.

Las palabras flotan en el aire de la vieja librería, mezclándose con el tenue olor del papel envejecido y el cuero. Permanecen sobre las filas de libros antiguos que han cumplido brillantemente su misión para mí hoy.

Y así es como todo comienza: con cuatro palabras. Un niño cautivado por libros antiguos y un hombre sabio que se convierte en una guía luminosa. Desde ese día en adelante y para siempre, lo he llamado *El Equilibrista*.

—⁎—

Cuando el profesor termina su narración, un silencio contemplativo se apodera del aula. Entonces, una mano se levanta en la segunda fila.

—Sí, Meera —dice el profesor.

Meera, una estudiante de filosofía conocida por su habilidad para conectar la poesía con temas existenciales baja la mano y habla con reflexión.

—Profesor, en *El quisquilloso pendenciero y el malabarista ambulante*, el quisquilloso pendenciero representa el pesimismo y la ignorancia, mientras que el malabarista encarna el dominio y el equilibrio. ¿Cree que el quisquilloso pendenciero también podría simbolizar una parte de nosotros: ¿esa voz interna de la duda, más allá de la negatividad externa? Y, de ser así, ¿cómo podemos silenciarla mientras luchamos por mantener el equilibrio?

—Una observación excelente, Meera. El quisquilloso pendenciero ciertamente refleja no solo a los detractores externos, sino también a nuestro crítico interno. Silenciarlo no es tan simple como ignorarlo; en cambio, debemos aprender a canalizar su energía. El constante cuestionamiento del quisquilloso pendenciero, si lo reformulamos, puede agudizar nuestro enfoque y alimentar nuestra determinación. El dominio y el equilibrio se logran cuando permitimos que la razón y la perseverancia nos guíen, transformando la duda en fortaleza.

Meera asiente, visiblemente satisfecha con la respuesta, y comienza a tomar notas con rapidez.

Una mano se levanta al fondo. Liam, un estudiante de física con talento para conectar la ciencia y el arte, habla con un entusiasmo medido.

—Profesor, en *El Equilibrista*, la metáfora del equilibrista sobre el alambre enfatiza la importancia del equilibrio en la vida. Pero también mencionó el "palo del amor" como la herramienta suprema para el equilibrio. ¿Podría profundizar en cómo funciona el amor dentro de esta metáfora? ¿Es un estabilizador o crea sus propios desafíos para el equilibrista?

—Ah, Liam, has tocado una de las capas más profundas del poema. El palo del amor es, en efecto, un estabilizador, pero también es una fuerza que requiere un manejo delicado. El amor nos da estabilidad al otorgar propósito y significado a nuestro acto de equilibrio. Sin embargo, al igual que el palo del equilibrista, exige esfuerzo, habilidad y cuidado para mantenerlo. Si se maneja mal, puede desequilibrarte por completo. Sin embargo, el amor verdadero —ya sea romántico, familiar o platónico— guía al equilibrista, haciendo que el caminar por los desafíos de la vida sea más significativo.

Liam asiente con aprecio, su mente analítica visiblemente comprometida con el concepto poético.

Finalmente, Elena, una aspirante a escritora y estudiante de literatura, levanta la mano. Sus preguntas a menudo se centran en temas de libertad y creatividad.

—Profesor, en *El Equilibrista* menciona que la libertad comienza dentro de uno mismo y está vinculada al equilibrio y la autoconfianza. Pero en *El quisquilloso pendenciero y el malabarista ambulante*, la libertad parece más relacionada con superar la ignorancia y las fuerzas externas. ¿Cómo se reconcilian estas definiciones de libertad en los dos poemas? ¿Son dos caras de la misma moneda, o hay una distinción más profunda entre la libertad interior y la exterior?

—Perspicaz como siempre, Elena. Los dos poemas, en efecto, abordan la libertad desde perspectivas diferentes. *El quisquilloso pendenciero y el malabarista ambulante* enfatiza la libertad como un triunfo sobre las fuerzas externas: la ignorancia, la duda y las expectativas sociales. Mientras tanto, *El Equilibrista* se centra en la libertad interior, que se alcanza a través de la autodisciplina, el equilibrio y la confianza en uno mismo. Sin embargo, estas no son ideas opuestas; son interdependientes. La libertad exterior es incompleta sin la liberación interior, y la libertad interior pierde su significado sin involucrarse con el mundo. Juntas, forman una imagen completa de lo que significa ser verdaderamente libre.

Elena sonríe, visiblemente inspirada por la respuesta.

El tiempo se evapora en un abrir y cerrar de ojos. La campana que marca el final de la clase interrumpe el trance compartido del profesor y los estudiantes, devolviéndolos al presente.

—Y con eso, concluimos el viaje de hoy. Reflexionen sobre estas ideas a lo largo de la semana. Recuerden, la poesía no son solo palabras en una página; es una lente a través de la cual vemos y moldeamos nuestras vidas. Clase, continuaremos mi viaje de vida la próxima semana —anuncia el profesor, su voz teñida de final y promesa—. Nos vemos la próxima vez.

Los estudiantes comienzan a salir del aula, llenos de conversaciones reflexivas mientras el peso de las palabras del profesor permanece en el aire.

Capítulo 2

El Mundo de los Sueños

Hoy, la joven de cabello largo, rizado y dorado se sienta en la primera fila, esperando ansiosa su llegada.

El profesor Cromwell-Smith nunca ha presenciado un comportamiento similar. Son las 7:50 de la mañana —diez minutos antes de la hora programada— y sus estudiantes ya están sentados, en silencio y listos para comenzar. Percibe que ha capturado no solo su atención, sino también su imaginación.

Con una amplia y curiosa sonrisa, se pone de pie y pronuncia la palabra que se ha convertido en una de sus frases emblemáticas:

—¡Genial! Buenos días a todos.

—Buenos días, profesor Cromwell-Smith —responde la clase al unísono.

—Sigamos, entonces. Esta vez, les presentaré a alguien que ha sido muy importante para mí desde mi infancia.

—�֍—

Educada en París, esta amable y alegre mujer de mediana edad había recibido la mejor educación en La Sorbona. Poco antes del estallido de la Segunda Guerra Mundial, se enamoró profundamente de un acróbata de circo francés. Para gran decepción de sus padres, fue amor a primera vista. Al graduarse, se casaron, y ella lo siguió allá donde viajaba el circo. Su vida idílica, como una luna de miel prolongada, se truncó trágicamente cuando él fue llamado a servir a su país. Poco después de su partida, murió en combate, dejándola viuda de guerra y sola en su diminuta residencia "de temporada baja de circo" en un pequeño pueblo cerca de Cannes, en el sur de Francia.

Con el tiempo, regresó a Gales y asumió uno de los negocios familiares: la librería de libros infantiles antiguos, una tradición que había pasado de generación en generación. Este nuevo capítulo le sentó bien, ya que siempre había albergado un profundo amor por la lectura. A pesar de haber tenido muchos pretendientes a lo largo de los años, nunca volvió a abrir su corazón. Su único amor se convirtió en sus libros… hasta que yo llegué.

Todo en Victoria Sutton-Raleigh es pequeño: su voz, sus manos, sus pies, su tienda, y especialmente sus libros, que son, literalmente, pequeños. La visito todos los martes, y ella me invita a tomar té con leche y galletas de mantequilla escocesas. Su diminuta *Sutton-Raleigh Book Store for the Young* (fundada en 1893) es reconocida en toda Gran Bretaña y más allá como la mejor fuente de libros infantiles antiguos.

Para mí, la señora V., como la llamo, se siente como una abuela. Le encanta leerme, y cuando estoy en su tienda, siento mi verdadera edad: nada es demasiado complicado para entender o seguir.

—Joven Erasmus, ¿qué opinas de los sueños hoy? —me pregunta.

—Soñador, eso es lo que la señora Coe me llama todos los días —respondo.

—Bueno, eso es un cumplido, jovencito.

—No es como suena, señora V. Creo que lo dice para burlarse de mí —protesto.

—No importa lo que piensen los demás, soñar es ver la vida a través de lentes mágicos de aumento. Los soñadores son como magos, Erasmus. ¿Te gustaría convertirte en uno?

—Oh, sí, me encantaría.

—Entonces, súbete. Vamos a dar un paseo.

La señora V. se acomoda en su sillón Chesterfield burdeos, y yo me acomodo a su lado, listo para dejar que me guíe hacia el mundo ilimitado de los sueños.

El vendedor de globos

El joven con el tam-o'-shanter

deambula por el parque,

una nube de globos lo sigue dondequiera que va,

y uno por uno, los pequeños niños

vienen y se van,

con sus globos suavemente atados a sus pequeños dedos.

—¡Globos, globos, vendo globos!

¡Los vendo a buen precio!

Tengo rojos, azules y amarillos—

redondos, en forma de lágrima o de corazón.

Elige uno, ¡y este podría ser TU DÍA DE SUERTE!

Un susurro de una voz llega desde la nada.

El vendedor de globos se gira bruscamente,

su movimiento atolondrado enreda las cuerdas

y los globos que flotan sobre él.

El niño lo observa fijamente—

brazos cruzados, cabeza ligeramente inclinada—

con la pose de un cliente

bastante divertido, pero potencialmente serio.

—¿En qué puedo ayudarte, jovencito?

—¿Por qué vendes globos?

Mientras lucha por desenredarse,

mira amablemente a su inquisidor.

—Esa es una excelente pregunta, joven.

Lo que vendo son sueños.

—¿Sueños?

—Bueno, a medida que las personas crecen,

a menudo pierden la capacidad

o el deseo de soñar.

Así que, para ellos, es fácil comprar uno de mí.

—Pero no veo adultos comprando globos.

—Es cierto, solo los niños como tú

parecen tener interés,

y menos aún, pagar

por irse con sus sueños,

atados con un nudo alrededor de sus dedos,

flotando sobre sus cabezas dondequiera que van.

—¿Por qué soñamos?

—Para perseguir nuestros deseos y anhelos más verdaderos.

Finalmente liberando las cuerdas,

reúne sus globos

en un conjunto ordenado sobre él

y se enfrenta a su diminuto interrogador,

cuyo amplio porte no ha cambiado ni un centímetro.

—Pero muy pocos niños hacen

tantas preguntas como tú.

Así que, ¿sabes qué, niño?

¡Hoy es TU DÍA DE SUERTE!

Tu curiosidad está a punto de abrirte nuevas puertas.

Te llevaré de paseo

al mundo de los sueños y la imaginación.

Entonces, un globo gigante con los colores de un arcoíris

los eleva suavemente hacia el cielo abierto,

derivando lentamente hacia el horizonte infinito.

—Cuando soñamos, flotamos por encima de la realidad.

—Desde un globo, los campos se ven más verdes,

los árboles más frondosos,

los edificios y las calles

parecen ordenados con pulcritud,

y los lagos y ríos se asemejan

a los vasos sanguíneos de la naturaleza.

Porque mientras flotamos,

todo se mueve lentamente debajo de nosotros,

permitiéndonos ver y apreciar mejor

los detalles más finos de la vida.

—Como en un sueño,

en un vuelo en globo no hay dirección.

Viajamos sin destino,

lo que nos otorga absoluta libertad—

porque no tenemos restricciones

y nos sentimos sin filtros.

—Cuando soñamos,

vemos la verdad sobre nosotros mismos,

y visualizamos, deseamos y pensamos en la vida y las personas,

de la manera en que realmente sentimos por ellas.

—Cuando flotamos desde arriba,

también podemos ver

La Magnificencia de la Vida,

La perfección de la naturaleza, y

La Armonía y la Inmensidad del universo.

Lentamente, el globo gigante desciende de nuevo a la realidad.

Entonces, el vendedor de globos ata uno grande,

con colores brillantes y relucientes,

al dedo medio del niño,

y este se aleja sonriendo,

con sus sueños flotando sobre él.

—¡Globos, globos, vendo globos!

¡Los vendo baratos!

Tengo rojos, azules y amarillos.

Elige uno, ¡y este podría ser TU DÍA DE SUERTE!

*

Sigo meciendo mi cabeza, sonriendo con los labios apretados en una expresión algo payasesca, mientras imagino mis sueños flotando sobre mí, atados con finas cuerdas alrededor de mis dedos, impidiendo que se pierdan en el aire.

—Señora V., yo siempre vivo en un globo —confieso, algo desconcertado por mis propias palabras.

—Querido mío, qué maravilloso don tienes —se ríe con calidez.

—¿Pero por qué el mundo de los sueños pertenece solo a los niños?

—Esa es la lucha de cada adulto, ¿no crees? —responde con una sonrisa cargada de sabiduría.

—¿La gente simplemente deja de soñar cuando crece? —pregunto.

—Sí, lo hacen —dice suavemente—. Permiten que la realidad tome el control, apagando su capacidad de sentir y desear sin filtros.

—Supongo que una vida sin sueños es una vida sin color —digo, algo dubitativo.

—Es una vida apagada, agria —asiente la señora V.—. Una vida vivida siempre a ras del suelo.

—¿Soñar te hace feliz?

—Por supuesto que sí, ya que la inspiración y la dicha son necesarias para soñar, y ambas son de los ingredientes más esenciales de la felicidad.

—Entonces, señora V., ¿cuándo sueño, mi mente no está al mando?

—Exactamente, mi aprendiz. Cuando sueñas, tu cerebro es simplemente un testigo silencioso, un archivo de los registros de tu vida del que tu fábrica de sueños selecciona todo lo que necesita para sus creaciones.

La señora V. se pone de pie, camina por el estrecho pasillo y selecciona un libro de una estantería detrás de su escritorio. Al regresar, su sonrisa ilumina la habitación, con las gafas de lectura peligrosamente apoyadas en la punta de su nariz, como si fueran a caerse en cualquier momento mientras baja la mirada para encontrar la página correcta.

A medida que se acerca, el aroma del cuero envejecido y el papel antiguo la envuelve, mezclándose con el constante tic-tac del reloj de pared antiguo. En ese momento, la señora V., mi mentora hechicera, y este escenario mágico se sienten absolutamente encantadores.

—Esto —dice, levantando el libro— es una pieza maravillosa sobre un niño como tú.

El niño fisgón y el granjero ermitaño

El niño se inclina hacia adelante,

sus manos presionadas contra la tierra,

sus piernas dobladas, sus pies apenas rozando el suelo

con la punta de los dedos.

Está listo para lanzarse como un velocista.

Pero su cabeza cuenta una historia diferente.

Mira hacia la distancia,

su cuello extendido hacia adelante,

inclinado ligeramente hacia un lado.

¿Es una mirada intensa?

¿Solo está observando con atención?

No. Su cuerpo irradia tensión,

mientras su cabeza emana calma,

un cuerpo, dos relatos.

Está espiando, eso es lo que hace.

No quiere ser visto,

porque está observando algo que no debería,

algo que le han dicho incontables veces que no mire.

Y, aun así, lo hace de todos modos.

Entonces, ¿qué está haciendo...?

Sueña.

Sueña a pesar de las deslumbrantes luces

que salen del granero en la distancia.

Su vecino, un ermitaño peculiar con un andar

y una voz extraños,

construye cohetes caseros y los lanza alto hacia el cielo.

El niño sueña con el granjero mago

que convierte lo imposible en realidad.

Se maravilla ante la terquedad del hombre,

su implacable determinación,

incluso cuando sus cohetes fallan una y otra vez.

El niño está asombrado por su creatividad

y su energía ilimitada.

'Eso es lo que quiero ser,' razona.

'Quiero alcanzar las estrellas, los planetas.

Quiero volar por el espacio y el universo.'

'A través de él, he aprendido

que todo es posible,

aunque en casa me digan que no,

aunque me prohíban mirar,

incluso si quienes me rodean

no entienden lo que significa soñar.'

El niño se inclina aún más hacia adelante,

visualizando la vida que tiene por delante.

Ya está viviendo en el futuro.

Sabe lo que quiere.

Sabe hacia dónde va.

Y su viaje comienza justo ahí,

arrodillado en un campo de tierra,

espiando una fábrica de cohetes prohibida en un granero,

construida por un improbable granjero-astronauta.

Comienza con un sueño improbable

y aparentemente imposible—

el sueño de un niño fisgón y el granjero ermitaño.

*

—Ese eres tú, ¿verdad? —pregunta ella, con una voz suave pero segura.

—Sí, señora V., ese soy yo, sin duda —respondo, esbozando una tímida sonrisa.

—Erasmus —dice, inclinándose más cerca, con un tono ahora serio pero lleno de calidez—. Recuerda siempre esto: nada puede impedirte soñar. Cuando sueñas, visualizas cómo quieres moldear tu futuro. Cuando sueñas, no hay límites para lo que puedes lograr.

—✦—

A medida que la voz del profesor se desvanece y los estudiantes permanecen en un silencio contemplativo, una mano se levanta lentamente en la segunda fila.

Hannah, una estudiante de filosofía de voz suave y apasionada por explorar las emociones humanas, se inclina ligeramente hacia adelante. Su cabello castaño rojizo enmarca su rostro, a menudo iluminado por la curiosidad.

—¿Sí, Hannah?

—Profesor, en *El Vendedor de Globos*, el acto de comprar globos parece simbólico de recuperar la capacidad de soñar. Pero el poema sugiere que los adultos a menudo pierden esa capacidad a medida que envejecen. ¿Por qué cree que sucede esto? ¿Y es realmente posible que los adultos se reconecten con la imaginación sin filtros que poseen los niños?

—Una observación perspicaz, Hannah. Los adultos pierden su conexión con los sueños por muchas razones: las expectativas sociales, el peso de las responsabilidades o un creciente cinismo sobre lo que es posible. Los niños, en cambio, viven en un estado de asombro, libres de esas limitaciones. Para reconectar con esa imaginación sin filtros, los adultos deben fomentar conscientemente la curiosidad, aceptar la vulnerabilidad y permitirse inspirarse en las maravillas simples de la vida, como los globos flotantes en el poema. No es fácil, pero está lejos de ser imposible.

Hannah asiente, visiblemente intrigada, mientras escribe en su diario.

Una mano se alza desde la última fila.

Ethan, un estudiante de ingeniería con talento para construir intrincados modelos mecánicos, se sienta erguido. Sus gafas de montura oscura brillan bajo la luz del aula mientras las ajusta, su rostro mezcla de intriga y entusiasmo.

—Profesor, en *El Niño en la Imagen*, el niño se inspira en los improbables experimentos de cohetes del ermitaño, a pesar de que quienes lo rodean le dicen que no debe soñar. ¿Cree que esto refleja cómo la sociedad a menudo sofoca la creatividad? ¿Y qué tan importante es rebelarse contra esas limitaciones para lograr la innovación?

—Ah, una excelente pregunta, Ethan. La sociedad a menudo impone límites a la imaginación, equiparando los sueños con la impracticabilidad. Sin embargo, como demuestra el niño, la rebelión contra esas limitaciones es vital para la innovación. La verdadera creatividad surge de la voluntad de desafiar normas y romper barreras. La admiración del niño por la persistencia del ermitaño refleja cómo los avances suelen surgir de la determinación inquebrantable de los soñadores que se niegan a aceptar lo 'imposible' como respuesta. Su rebeldía no es destructiva, sino constructiva: es la base de sus aspiraciones futuras.

Ethan sonríe, claramente conectado con la relación entre los sueños y las maravillas de la ingeniería.

Otra mano se levanta desde la primera fila.

Sophia, una estudiante de escritura creativa conocida por su vívida narrativa y su agudo ingenio se inclina ligeramente hacia adelante. Su cuaderno floral está abierto, lleno de anotaciones coloridas y poemas a medio terminar.

—Profesor, tanto *El Vendedor de Globos* como *El Niño en la Imagen* exploran los sueños, pero desde perspectivas diferentes: uno enfatiza la imaginación y la libertad, mientras que el otro destaca la determinación y la resiliencia. ¿Cree que estos dos aspectos de soñar—la creatividad y la persistencia— son igualmente importantes para dar forma a nuestras vidas, o uno es más crítico que el otro?

—Qué hermosa pregunta, Sophia. Tanto la creatividad como la persistencia son esenciales para moldear nuestras vidas, aunque cumplen propósitos diferentes. La creatividad, como se ve en *El Vendedor de Globos*, nos permite imaginar posibilidades y ver el mundo con ojos nuevos. La persistencia, como se muestra en *El Niño en la Imagen*, nos permite convertir esas posibilidades imaginadas en realidad, incluso cuando enfrentamos obstáculos. Una inspira, y la otra impulsa la acción. Juntas forman una sinergia perfecta: un juego dinámico que alimenta tanto los sueños como su realización.

Sophia sonríe, su mente creativa visiblemente inspirada por los comentarios del profesor.

El profesor echa un vistazo al reloj y señala el final de la discusión.

—Y con esto, mis queridos estudiantes, concluimos la sesión de hoy. Que estos poemas les sirvan de recordatorio de que soñar no es un acto pasivo; es una forma de dar forma a su futuro. Nos vemos la próxima semana. Clase, pueden retirarse —dice el eminente profesor, poniéndose de pie distraídamente mientras los recuerdos de su vida pasada revolotean en su mente.

Los estudiantes comienzan a salir del aula, sus rostros iluminados por pensamientos y conversaciones.

—¿Demasiada coincidencia? —se pregunta la joven de cabello rizado y rubio mientras deja el aula, perpleja.

Capítulo 3

Perseverancia y Determinación

Mientras el sabio profesor pedalea su vieja bicicleta a través de las hojas de otoño, se pregunta, dada su condición, cuánto tiempo más—o incluso cuán seguro—es seguir con este acto de equilibrio todos los días.

«Supongo que solo pararás después de que te lastimes», reflexiona, concluyendo, como de costumbre, en la única forma que conoce.

«De ninguna manera, eso solo me dejará en tierra mientras me recupero. ¡Resiliencia! Ese será el tema de hoy», razona el distraído profesor mientras entra en su aula.

Luego, frente a sus estudiantes, Cromwell-Smith se detiene, momentáneamente desconcertado mientras un vívido recuerdo del momento en que aprendió sobre la resiliencia lo invade.

—Clase, hoy les hablaré sobre un período de mi vida en el que aprendí sobre la disposición, la determinación y cómo nunca, nunca rendirse. Déjenme llevarlos atrás en el tiempo, solo un par de años más adelante en la historia.

—— ✤ ——

Poco después de mi décimo cumpleaños, aunque de mala gana, empiezo a jugar rugby todos los días en la escuela. Sin embargo, tengo un problema serio: me tuerzo el tobillo cada vez que piso una superficie irregular. No solo es doloroso—cada vez mi tobillo se hincha como si me hubiera picado una abeja—sino que también es profundamente desalentador, ya que me retrasa en los entrenamientos con el equipo. Finalmente, me colocan una plantilla ortopédica para mi pie derecho, y como por arte de magia, el problema desaparece. Sin embargo, mi tobillo me da la excusa perfecta para convencer a mis padres de poner fin a mi breve incursión en el mundo de los deportes. ¡Larga vida al mundo de los libros!

Justin Morris IV, el Equilibrista, nació en una familia con una inmensa fortuna, transmitida a través de tres generaciones. Lamentablemente, gran parte de esa riqueza fue derrochada por el pobre juicio y los hábitos de bebida de su padre, Justin Morris III. Lo poco que quedó le otorgó tres grandes bendiciones: primero, la experiencia única de vida al haber viajado por el mundo con su familia. El joven Morris IV pasó varios años viviendo como un príncipe en la India, seguido de estancias igualmente lujosas en Melbourne, Ciudad del Cabo y Shanghái. Segundo, recibió una educación excepcional en Eton. Tercero, antes de que las fortunas de la familia se desmoronaran, le confiaron la tienda de libros antiguos que la familia poseía en Gales.

Justin rápidamente se enamoró de la tienda, ya que su pasión por los libros se convirtió no solo en su refugio, sino también en su vocación. Su bigote estilo "manillar" se convirtió en su marca personal, identificándolo como un excéntrico anticuario encantador. Divorciado desde hace años, con hijos adultos que viven sus propias vidas, mi presencia en su vida parece llenar parte de los instintos paternales que anhelan los años pasados de la infancia de sus hijos.

«Me siento como un suplente. ¿Y qué? No tiene nada de malo ser un reemplazo», me digo, aceptando mi papel en su vida.

Hoy, Morris-Rose and Sons ha estado inusualmente ocupada con visitantes de Londres. El señor M., como a veces lo llamo, ha mostrado una paciencia infinita con los clientes, culminando en mi ayuda para cargar veinte libros en su vehículo.

—Ahí lo tienes: un mes de ventas en solo dos horas —dice, sonriendo.

Está feliz, me doy cuenta, incluso mientras reprimo la parte más oscura de mí que quiere quejarse por la espera.

—Señor Morris, han pasado diez días y el tobillo no se ha doblado de nuevo. No sé cómo logré seguir practicando y jugando, pero lo hice —digo, convenientemente omitiendo mi eventual abandono del mundo del esfuerzo físico.

La tienda está tranquila ahora, en ausencia de clientes, pero mis sentidos están agudizados. Puedo escuchar los pequeños sonidos del mundo de los libros: páginas que se abren y se cierran, un libro que se saca o se guarda en un estante, cajones que se mueven, puertas que chirrían, todo mezclado en un interminable y suave murmullo en el fondo de mis pensamientos y lecturas.

El Equilibrista está ocupado explorando un estante completo. En lo alto de la escalera de madera, finalmente saca un libro delgado y azul. Desde mi punto de vista, la silueta del anciano de pie en la cima de la escalera parece brillar, como si rayos de luz se filtraran a través de su figura. Agita el libro hacia mí con entusiasmo, un momento inolvidable: un delicado acto de equilibrio y una vívida muestra de su pura pasión por lo que más ama.

—Querido muchacho —dice, bajando cuidadosamente—, la resiliencia es una virtud que te llevará a superar cualquier dificultad u obstáculo. Si la haces parte de tu esencia, tejiéndola en tu naturaleza, nunca te abandonará. Aquí tienes algo al respecto. ¿Por qué no lo lees para ambos?

El regalo de la vida

Cuando escuches los susurros del dolor,

contrarréstalos con los sueños del mañana.

Cuando sientas las trampas del fracaso,

lucha contra ellas con la emoción

y el entusiasmo de estar vivo.

Cuando sientas vacío y soledad,

afróntalos con tu fe

y la fuerza de tu corazón.

Cuando te encuentres en las fauces de la derrota,

resiste con convicción y tenacidad.

Cuando te sientas agotado y exhausto,

derríbalo recuperándote y recargando energías con entusiasmo.

Cuando te consumas por la ira venenosa,

disípala con gracia y el poder del perdón.

Cuando te sientas atrapado y sin opciones

en los interminables laberintos de la vida,

conquístalos dando vueltas, buscando y buscando,

pero nunca, nunca rindiéndote,

hasta encontrar el camino.

Y cuando hayas desafiado a la vida de estas maneras,

recuerda siempre—

estas hazañas son siempre

lo que se espera de ti,

lo que se requiere de ti,

ya que Dios te otorgó el 'regalo de la vida.'

*

—Así que, cada desafío, pena o dolor—cada obstáculo o montaña por escalar—tiene una contramedida para superarlo. Nunca debes quedarte quieto, esperando que las cosas sucedan. Siempre reacciona, incluso si esa reacción es pequeña o implica elegir no actuar en absoluto. Recuerda, en el gran esquema de las cosas, eres responsable, y debes estar agradecido por tu vida —aconseja el Equilibrista—. Pero lo que impulsa la resiliencia es nuestro propio fuego interior. Cuando aprendemos a reconocerlo y aprovecharlo, nos da una fuerza indomable.

El señor Morris hojea rápidamente el libro hasta que llega a una página repleta de vibrantes tonos rojos, amarillos y azules. Se detiene y comienza a narrar, con su voz cargada de emoción y un ritmo rico en pasión.

La pequeña llama que nunca oscila, fluctúa ni titubea

En lo más profundo de mi corazón,

en un lugar donde las emociones son puras,

donde los sentimientos no están editados,

en el Nido del Amor y su plataforma de despegue,

donde las pasiones reinan libres,

con una fuerza indomable,

se encuentra esta pequeña llama,

inquebrantable, inextinguible,

que simplemente

no se apaga,

no se rinde, no muere.

Continúa ardiendo y girando,

de manera constante y obstinada,

con un calor abrumador y

una intensidad imparable,

sin importar qué, sin importar cuándo.

Sus tonos serenos de azul y amarillo

son asombrosamente hermosos,

sus cegadores rojos y naranjas

deslumbrantes y poderosos.

Así que me pregunto,

'¿Qué es la vida sin nuestra pequeña llama?

¿Qué somos sin ella?'

Bueno, o vivimos una vida

en blanco y negro o una en tecnicolor,

con nuestro fuego interior ardiendo sin fin dentro de nosotros.

En lo más profundo de mi corazón,

lleno de sentimientos, emociones, pasiones y Amor,

se encuentra esta pequeña llama,

inquebrantable, inextinguible,

que simplemente

no se apaga.

Sin importar qué, sin importar cuándo,

simplemente no se rinde,

simplemente no muere,

nunca vacila,

nunca titila,

nunca termina.

*

Cuando el señor M. cierra el libro azul delgado con cuidado deliberado, sus manos se quedan sobre su desgastada cubierta, como si se resistiera a separarse de sus palabras. Me mira con una expresión mezcla de nostalgia y determinación.

—Eso es lo que tiene la resiliencia, querido muchacho —dice suavemente—. Es un regalo que te das a ti mismo cada vez que eliges seguir adelante.

Por un momento, la habitación se queda en silencio, salvo por el leve crujido de la vieja escalera de madera al balancearse bajo su toque. El suave susurro de las páginas y el distante tic-tac del reloj antiguo me anclan a la realidad de este espacio, aunque mis pensamientos parecen estar lejos. Miro el libro azul, que aún brilla débilmente bajo la cálida luz, sus palabras resonando en mi mente.

Cuando el señor Morris se gira para devolver el libro a su lugar en el estante, me doy cuenta de que esto no fue solo otra lección. Fue un vistazo a su esencia: un hombre cuya llama inquebrantable lo ha guiado a través de los desafíos de la vida. Y en este momento, empiezo a ver la mía.

Es la primera vez que veo al señor Morris emocionado. Al observarlo, comienzo a valorarme un poco más. Me doy cuenta de que hay fortalezas dentro de mí—reservas ocultas de resiliencia—que necesito reconocer, aprovechar y cultivar para tener éxito en la vida.

—✢—

El suave zumbido del aire acondicionado del auditorio acompaña el silencio mientras la voz del profesor Cromwell-Smith se desvanece. Levanta la vista, momentáneamente desorientado, como si estuviera soltando el vívido recuerdo que acaba de compartir. A su alrededor, los estudiantes permanecen atentos, sus expresiones reflejan una mezcla de reflexión y anticipación. La luz dorada que se filtra a través de las altas ventanas llena la sala con una calidez tranquila, proyectando largas sombras sobre las filas de asientos.

El profesor Cromwell-Smith endereza su postura y junta las manos ligeramente, cambiando el tono mientras se dirige a la clase.

—Y eso —dice, con una voz cargada con el peso de las décadas vividas—, es una de las lecciones más profundas que el señor Morris me enseñó. La resiliencia, como esa pequeña llama, arde dentro de todos nosotros. Pero depende de nosotros cuidarla, protegerla y dejar que nos guíe a través de las tormentas de la vida.

Hace una pausa, permitiendo que la gravedad de sus palabras impregne el ambiente de la sala.

Los estudiantes se inclinan ligeramente hacia adelante, cautivados por el poder silencioso de su presencia, con los bolígrafos listos para capturar cualquier fragmento de sabiduría que pueda seguir.

—Y ahora —continúa, mientras su mirada recorre la clase—, me gustaría escuchar sus pensamientos.

El momento flota en el aire, completando la transición del pasado al presente, mientras los estudiantes se preparan para un diálogo inspirado por la historia. Cuando las palabras finales del profesor se disipan, una mano se levanta en la segunda fila, y el profesor hace un gesto hacia el estudiante.

La mano pertenece a Amelia, una estudiante de psicología apasionada por comprender las respuestas humanas ante la adversidad. Sus ojos reflexivos se iluminan mientras comienza a hablar.

—Profesor, en *El Regalo de la Vida*, el uso repetido de contramedidas—sueños contra el dolor, fe contra la soledad, perdón contra la ira—sugiere un enfoque estructurado de la resiliencia. ¿Cree que la resiliencia es puramente una habilidad adquirida o podría ser algo inherente en nosotros que solo necesita ser descubierto?

—Una excelente pregunta, Amelia. La resiliencia, como ilustra el poema, depende de contramedidas: decisiones deliberadas que tomamos en respuesta a los desafíos. Si bien algunas personas parecen tener una predisposición natural hacia la resiliencia debido a su temperamento o crianza, es fundamentalmente una habilidad que puede desarrollarse. Los actos repetidos de contrarrestar la negatividad con positividad, de negarse a sucumbir, construyen gradualmente un marco interno de resiliencia. Con el tiempo, este marco se convierte en parte de quienes somos, una fuerza reflexiva de la que nos valemos en los momentos de necesidad.

Amelia asiente, escribiendo sus notas pensativamente, mientras otra mano se alza en el fondo de la sala.

—Sí, al fondo.

La mano pertenece a Liam, un estudiante de ingeniería que frecuentemente relaciona conceptos abstractos con aplicaciones del mundo real. Su voz transmite una mezcla de curiosidad y convicción al hablar.

—Profesor, en *La pequeña llama que nunca oscila, fluctúa ni titubea*, la imagen de la llama como algo delicado pero indomable parece paradójica. ¿Cómo puede algo tan pequeño y vulnerable encarnar una fuerza tan inmensa? ¿Y qué nos enseña eso sobre nuestro propio fuego interior?

—Ah, una observación perspicaz, Liam. La llama en el poema es, en efecto, paradójica: pequeña, pero inquebrantable; delicada, pero duradera. Esto refleja la naturaleza de nuestra fuerza interior. La resiliencia no se trata de ser impermeable al daño, sino de continuar ardiendo, pase lo que pase. La belleza de la llama radica en su constancia, no en su tamaño. Nos enseña que nuestro fuego interior no necesita ser grandioso o dramático para ser poderoso; simplemente necesita persistir. Esa persistencia, silenciosa pero imparable, es lo que nos permite superar los mayores desafíos de la vida.

Liam se recuesta, claramente contemplando la profundidad de la metáfora, mientras otra mano se alza desde la primera fila.

—Adelante —dice el profesor.

La mano pertenece a Sophia, una estudiante de literatura conocida por conectar los temas poéticos con preguntas filosóficas más amplias. Su voz es calmada pero inquisitiva.

—Profesor, ambos poemas enfatizan la importancia de la fuerza interior para superar obstáculos. *El Regalo de la Vida* ofrece pasos prácticos, mientras que *La pequeña llama que nunca oscila, fluctúa ni titubea* se centra en la esencia emocional y espiritual de la resiliencia. ¿Cree que uno es más efectivo que el otro para fomentar la resiliencia, o son ambos enfoques igualmente necesarios?

—Qué hermosa pregunta, Sophia. Ambos enfoques son esenciales para moldear nuestras vidas, aunque sirven propósitos diferentes. *El Regalo de la Vida* proporciona un mapa, ofreciendo pasos prácticos para enfrentar los desafíos de la vida. Apela a nuestro lado racional, guiándonos con claridad en momentos difíciles. Por otro lado, *La pequeña llama que nunca oscila, fluctúa ni titubea* apela a nuestras emociones y espíritu, recordándonos el fuego interior que alimenta esas acciones. Juntos, crean un enfoque equilibrado hacia la resiliencia: estrategias prácticas arraigadas en una fortaleza emocional. Uno sin el otro podría tambalearse, pero juntos son formidables.

Sophia sonríe, visiblemente inspirada por la respuesta.

El profesor echa un vistazo al reloj y señala el final de la discusión.

—Y con esto, mis queridos estudiantes, concluimos la sesión de hoy. Recuerden, la resiliencia es tanto un arte como una disciplina, una armonía entre la acción y el espíritu. Que estos poemas los guíen a descubrir y nutrir su propia llama inquebrantable. Nos vemos la próxima semana. Eso será todo por hoy. La próxima sesión será... llamémosla mágica, y dejémoslo ahí —dice el profesor Cromwell-Smith, concluyendo su clase con una sonrisa misteriosa.

Los estudiantes comienzan a salir del aula, sus expresiones reflejan la profunda resonancia de la discusión mientras llevan las palabras del profesor a sus vidas. Esta vez, la clase no se vacía tras la salida del profesor.

Más tarde, se entera de que los estudiantes se quedaron atrás, formando rápidamente un equipo en redes sociales para crear un foro y un grupo de discusión sobre su clase de poesía.

«Los millennials siempre encuentran cómo interrumpir lo clásico o tradicional», reflexiona con silenciosa diversión, moviendo la cabeza mientras pedalea su bicicleta de regreso a casa.

Capítulo 4

La Magia de la vida

Hoy es martes, y el profesor Cromwell-Smith llega tarde. Después de pasar horas buscando su libro infantil favorito, le quedan apenas diez minutos para llegar a su aula a tiempo. Ir en bicicleta está descartado: no lo conseguirá. A través de la ventana, ve pasar un coche patrulla del campus. Sin dudarlo, sale corriendo de la casa y comienza a perseguirlo.

—¡Pare! ¡Pare! —grita, agitando los brazos frenéticamente.

El oficial baja la ventanilla, con una expresión ligeramente divertida.

—¿En qué puedo ayudarle, profesor?

—Necesito un aventón. Sin su ayuda, joven, no llegaré a tiempo.

—Suba, profesor; no sería la primera vez que uno de ustedes, los genios despistados, necesita un rescate —responde el oficial con una sonrisa.

—Ehm —murmura Cromwell-Smith, ya perdido en sus pensamientos mientras se acomoda en el asiento del copiloto.

El oficial asiente con resignación, como diciendo que algunas cosas nunca cambian, y lo lleva a través del campus.

El profesor entra en el aula con unos minutos de sobra, sujetando su preciado libro.

—Clase —comienza, con los ojos brillando—, hoy he traído un libro que dejó una impresión imborrable en mí cuando era niño. Le pedí tantas veces a la señora V. que me lo leyera *una última vez más*. El libro se llama *La Magia de la Vida*, como sugiere el título, está lleno de ella. Permítanme llevarlos allí.

Con mis padres y diez amigos en la ciudad, acabo de celebrar mi undécimo cumpleaños en el parque temático de Blackpool. Debo confesar que mi fascinación por los magos, hechiceros y la magia en general fue encendida por un par de libros que leí en la tienda de la señora V. Desafortunadamente, mi entusiasmo se desmoronó cuando visité la nueva tienda de magia en la calle principal. Descubrir los trucos tontos detrás de las ilusiones destrozó todas mis fantasías. Como había sucedido con la Navidad, llegué a una conclusión decepcionante: ¡no hay magia, y tampoco hay Papá Noel!

Es martes por la tarde, y la señora V. nota inmediatamente mi mal humor en cuanto entro en su tienda.

—¡Calamidad, calamidad calamitosa! —exclama, su tono teatral rompe mi abatimiento—. En esta tienda no hay lugar para los espíritus gruñones.

—No hay magia, señora V.; todo es una farsa. No existe —suspiro, completamente derrotado.

—Espera un momento, joven hechicero decepcionado. ¿De qué estás hablando? Hay magia en todas partes—dentro de ti y a tu alrededor. Siéntate, y lanzaré un hechizo literario sobre ti. Leeré algo absolutamente mágico.

La señora V. saca un libro lleno de tonos azules y amarillos vivos, cuya portada está adornada con un pequeño candado de bronce formado por dos puertas móviles con un ojo de cerradura en el centro. De su monedero, saca la llave más pequeña que jamás he visto. Desbloquea el libro, lo abre con cuidado y se sienta junto a mí en su querido sillón Chesterfield.

Con una sonrisa cómplice, encuentra el pasaje que busca y comienza a leer, su voz rebosante de alegría y encanto. El aire parece cambiar, y una vez más, la magia de la señora V. comienza a surtir efecto.

La magia de la vida

¿Qué es?

¿Es solo la luz filtrándose y fluyendo

a través de todo,

o los colores y tonos que lo pintan todo?

¿O las fuerzas de la naturaleza—

a veces gigantes dormidos,

otras veces, truenos rugientes?

¿Y dónde está?

¿Está en el paisaje abrumador

de las altas montañas?

¿En el verde translúcido de los mares tropicales?

¿O en la serena belleza de las flores?

¿Está en el sol explotando en miles de rojos

mientras se pone en el horizonte?

¿O en el brillo de la luna, que lanza su hechizo

a través del cielo nocturno

en infinitos tonos de blanco?

¿Está en la inocente sonrisa de un niño,

o en el pequeño perro moviendo la cola,

o en los ojos amorosos de una madre?

¿O en las incontables historias

de la sabiduría de la abuela?

¿O está simplemente en la familia sentada a la mesa,

riendo, discutiendo y compartiendo después de una comida?

¿O está simplemente en el estar aquí...?

¿Y dónde reside?

¿Solo está en las cosas simples,

o reside en la bondad?

¿Está en la pasión, la felicidad o el equilibrio?

¿Está en la euforia de ganar,

o en la decepción de perder?

¿Está en el disfrute apasionado

de los deportes competitivos,

o en la soledad tranquila

de extraordinarios esfuerzos individuales?

¿Está en el majestuoso vuelo de un águila,

el marco indestructible de un elefante,

los sonidos espaciales de una ballena,

o las mortales mandíbulas de un cocodrilo?

¿Está en la interminable belleza de una obra de arte,

o en la deslumbrante fantasía de una gran película?

¿Está en el placer culpable de una magnífica comida

o en la fiesta para los sentidos de una melodía eterna?

¿Está en el silencio y la paz

de la contemplación y la meditación,

o en el enriquecimiento continuo

del espíritu y el alma a través de la fe?

¿O está en nuestra capacidad para distorsionar

la realidad mundana?

¿Está en el mundo de los sueños, fantasías e imaginación—

de aquellos que se atreven a arriesgarse,

o en el mundo de los creadores, inventores y artesanos

que los convierten en arte, productos y oficios?

¿Está en el ingenio contagioso de la esperanza,

la inocencia desarmante del entusiasmo imparable?

¿O en los momentos fugaces de felicidad genuina,

cuando las trompetas del cielo tocan

nuestros "Ecos de la Vida"?

¿O está en la redención de nuestras faltas y errores

a través del poder del perdón y la humildad?

¿O está simplemente en la sonrisa

de quien se despierta cada día,

feliz y agradecido de estar vivo?

¿Podría estar en el choque total

entre la pasión infinita y la carne?

¿O está simplemente cuando estamos verdaderamente

enamorados,

y tu corazón ya no nos pertenece?

¿Dónde está, entonces,

esta vida encantada que Dios nos ha dado?

¿Qué es,

este hechizo mágico que nos otorga

el privilegio de estar vivos?

La respuesta está en todo lo anterior—

y mucho, mucho más.

Porque hay una alegría infinita

en cada segundo que estamos vivos.

La respuesta reside en nosotros mismos, y es evidente:

*

—Joven Erasmus, después de todo, ¿sí que existe la magia, ¿no? —pregunta la anciana, sus ojos brillando con calidez.

—Señora V., usted es una verdadera maga, y sus libros son su varita mágica —respondo, aún asombrado por su capacidad de transformar mi estado de ánimo.

—Si es así, ¿me aceptarías como tu aprendiz de hechicera?

—¡Ya lo soy! —exclamo—. Entonces, ¿eso es todo, señora V.? ¿Solo tengo que amar la vida?

—Añadiría algo más, hijo mío: ámate a ti mismo, ama a los demás y ama la vida, y todo será mágico—o más bien, un milagro mágico—para ti.

Dudo por un momento, luego pregunto:

—Me pregunto, señora V., ¿qué significa para mí? ¿Qué representa usted en mi vida?

Ella sonríe, con una expresión suave y sabia.

—Todos necesitamos personas especiales que saquen lo mejor de nosotros —dice.

—Entonces, ¿qué es usted para mí? —pregunto, medio en broma—. ¿Mi mentora, mi guía, una abuela autoproclamada?

Ella ríe, pero luego se pone seria, inclinándose hacia adelante.

—Esto es lo que soy para ti…

Abre el libro justo en el medio, y una figura mítica y deslumbrante cobra vida desde las páginas—sus colores son tan vivos que parecen saltar hacia mí. No puedo apartar los ojos de ella. Luego, con su voz llena de significado, comienza a leer.

El Unicornio Azul

¡Mago, Mago!

Tráeme un unicornio azul,

uno que rocíe magia a la vida,

inocencia y candor al espíritu,

luz y color al alma,

pasión y amor al corazón,

y sentido y propósito a cada día

que estemos vivos.

Y ¡zas!, de repente, estoy mirando mi sueño.

Con asombro y maravilla, contemplo mi fantasía…

¡Que se lance un hechizo, Mago!

Déjame tener un unicornio,

que sea azul como el cielo más claro,

y que sea tan fuerte

como para convocar todas las fuerzas del universo.

En mi unicornio quiero cabalgar por la vida,

en un viaje interminable,

girando y girando,

y convirtiendo los altibajos

en un "carrusel"

de círculos bien vividos y sin esfuerzo.

¡Mago, Mago!

Tráeme un unicornio azul,

uno de esos que hacen de la vida

un paseo en alfombra mágica,

uno que haga que todo

valga la pena.

*

Si hay momentos en la vida de un niño en los que todo su ser se llena de felicidad total, este es sin duda uno de ellos. Abrazo con fuerza a la señora V., mi imaginación desbordándose con mil sueños de aventuras junto a mi unicornio azul. Durante el resto de mi vida, este momento ha permanecido vivo como una de esas fantasías perdurables, reproduciéndose en innumerables variaciones, una y otra vez. De alguna manera, desde ese día, mi unicornio azul nunca me ha abandonado.

—Todos necesitamos uno en la vida, Erasmus —dice suavemente la señora V.

—No lo necesito; ya tengo uno —respondo con confianza.

Ella sonríe cálidamente y acaricia mi frente, sus dedos deslizándose por mi cabello.

—Joven, entonces eres afortunado, ya que nuestros unicornios azules en la vida solo existen si podemos verlos.

Hoy, la clase se ha alargado treinta minutos más, pero nadie ha notado la campana. El profesor Cromwell-Smith ha terminado hace casi un minuto, de pie en silencio mientras sus estudiantes emergen lentamente de un estado casi hipnótico, uno por uno.

Entonces, ocurre algo inesperado. Algunos estudiantes comienzan a aplaudir. Gradualmente, el sonido se extiende hasta que toda la clase se pone de pie al unísono, rompiendo en un estruendoso aplauso para su desconcertado profesor. Por un momento, Cromwell-Smith se queda atónito, pero luego, una rara y humilde sonrisa asoma en su rostro, viviendo su propio momento mágico.

El aplauso se desvanece gradualmente, y una estudiante desde la fila del medio levanta la mano.

—Sí, adelante.

La estudiante es Emily, una estudiante de biología fascinada por la interconexión de la vida. Ajusta sus gafas mientras comienza, su voz firme pero curiosa.

—Profesor, en *La Magia de la Vida*, el poema parece argumentar que la magia está en todas partes: en la naturaleza, en la conexión humana e incluso en nuestra percepción de la vida misma. ¿Cree que esta magia es algo que descubrimos o algo que creamos para nosotros mismos a través de la forma en que elegimos vivir?

—Una excelente pregunta, Emily. El poema sugiere que la magia es tanto descubierta como creada. Existe de manera inherente en el mundo que nos rodea—en la grandeza de la naturaleza, la alegría de la conexión humana y la belleza del arte y la fe. Sin embargo, requiere un esfuerzo consciente percibirla, cultivar la mentalidad de amar la vida y apreciar sus maravillas. En ese sentido, la magia se convierte en una co-creación, una colaboración entre los dones del mundo y nuestra capacidad para reconocerlos y abrazarlos.

Emily sonríe, visiblemente satisfecha, mientras toma notas. Otra mano se levanta en el fondo.

—Sí, tú.

La mano pertenece a Marcus, un estudiante de ingeniería intrigado por la relación entre la imaginación y la innovación. Su tono es reflexivo pero incisivo.

—Profesor, *El Unicornio Azul* parece representar una visión idealizada de la vida: una de imaginación y propósito ilimitados. Pero en realidad, la vida no siempre es tan mágica. ¿Cómo podemos mantener este sentido de asombro sin desilusionarnos cuando la realidad no cumple con nuestras expectativas?

—Ah, señor Marcus, una pregunta profundamente perspicaz. El unicornio azul, como lo presenta el poema, es un símbolo de nuestras aspiraciones, sueños y la magia que esperamos encontrar en la vida. Pero su lección no trata de evitar la realidad; se trata de moldear nuestra percepción. La vida siempre tendrá desafíos y decepciones, pero la capacidad de ver la magia reside en nosotros. El unicornio azul existe para quienes se atreven a verlo—no como una negación de la realidad, sino como una forma de encontrar significado y belleza en ella. Se trata de transformar lo mundano en extraordinario a través de la perspectiva y la imaginación.

Marcus asiente, con una expresión pensativa mientras asimila las palabras del profesor. Otra mano se alza en la primera fila.

—Adelante.

Esta vez es Meghan, una estudiante de literatura que a menudo explora la profundidad emocional de la poesía. Su voz es calmada pero reflexiva.

—Profesor, tanto *La Magia de la Vida* como *El Unicornio Azul* exploran temas sobre encontrar belleza y asombro en la vida. Pero el primer poema parece estar arraigado en lo tangible—la naturaleza, la familia y la fe—mientras que el segundo se inclina hacia lo fantástico y simbólico. ¿Cree que necesitamos ambas perspectivas para apreciar plenamente la magia de la vida?

—Una observación astuta, Meghan. Ambas perspectivas son esenciales, ya que se complementan. *La Magia de la Vida* nos ancla en la belleza del momento presente, en lo tangible y real. Nos recuerda valorar lo que tenemos y encontrar alegría en el mundo tal como es. *El Unicornio Azul*, por otro lado, representa el potencial ilimitado de la imaginación y la aspiración. Nos insta a soñar, a ver más allá de lo ordinario y a crear una vida llena de maravillas. Juntas, estas perspectivas crean un equilibrio, ayudándonos a apreciar la magia en lo que es mientras nos inspiran a imaginar lo que podría ser.

Meghan asiente, con una pequeña sonrisa mientras reflexiona sobre la perspicacia del profesor.

El profesor echa un vistazo al reloj, regresando su rara sonrisa.

—Y con eso, mis queridos estudiantes, concluimos la sesión de hoy. Recuerden, la magia de la vida no solo se encuentra; se crea. Que estos poemas les recuerden buscar, abrazar y nutrir la magia dentro y alrededor de ustedes. Nos vemos la próxima vez.

Los estudiantes recogen sus pertenencias, sus expresiones iluminadas con inspiración mientras el profesor permanece junto a su escritorio, observándolos con un orgullo silencioso.

67

Capítulo 5

Coraje y valor

El profesor Cromwell-Smith se encuentra junto a su vieja bicicleta, frunciendo el ceño ante una rueda pinchada mientras revisa ansiosamente su reloj. Parece nervioso y desorientado cuando un hombre mayor en bicicleta se le acerca. El hombre se detiene, observa la situación y saca un pequeño bote de su bolsillo, entregándoselo al profesor.

—Tome, use esto —dice el hombre, dándole breves instrucciones.

El profesor Cromwell-Smith vacila, manipulando torpemente la rueda mientras intenta seguir las indicaciones. El hombre mayor, visiblemente frustrado, deja caer su propia bicicleta, aparta al profesor y toma el control. Con unos cuantos movimientos hábiles, conecta la boquilla al neumático, libera el contenido del bote y lo infla rápidamente.

En pocos momentos, la rueda queda reparada, y ambos vuelven a subirse a sus bicicletas, pedaleando hacia el campus.

—Profesor Lichstein, hoy ha sido mi salvador —dice Cromwell-Smith, intentando mostrarse amigable, aunque su tono suena algo forzado.

—Cromwell, de verdad debería aprender algunas de las cosas más básicas de la vida —responde Lichstein con sequedad—. Ya sabe, esas cosas mundanas que necesita para sobrevivir.

Los dos profesores llegan al edificio de la facultad, desmontan de sus bicicletas y las aparcan una al lado de la otra. Caminan juntos hacia la entrada, aunque la mente de Cromwell-Smith parece ya estar en otro lugar.

Mientras recorre los pasillos, está incluso más distraído de lo habitual. Sin embargo, cuando entra al aula, está completamente concentrado y listo para la lección del día.

Está en racha. Más temprano esta mañana, su clase estaba tan abarrotada que tuvo que pedir a varios estudiantes que se retiraran, explicándoles que no podían quedarse de pie en los pasillos. Les aseguró que intentaría conseguir un auditorio para la siguiente semana.

Ahora, cuando el profesor deja caer su desgastado maletín de cuero sobre el escritorio, el bullicio animado de la clase se desvanece. Su profunda y resonante voz llena el aula.

—Entonces, avancemos —comienza, con los ojos brillando de entusiasmo—. Hoy voy a presentarles a mi héroe, un hombre excepcional que ha tenido una profunda influencia en mi vida.

—— ✤ ——

Nigel Newton-Paine es un héroe de guerra. Al final de la Segunda Guerra Mundial, fue uno de los pocos oficiales británicos que pilotaban aviones estadounidenses. En una misión inolvidable, salvó la vida de toda su tripulación. Logró llevar de regreso a casa su bombardero *Flying Fortres* con solo uno de los cuatro motores en funcionamiento, un trozo del ala derecha desaparecido y el fuselaje lleno de agujeros de bala. Su copiloto y artillero estaban gravemente heridos, el tren de aterrizaje estaba parcialmente destruido, y aun así logró aterrizar el avión de manera segura.

Newton-Paine perdió el conocimiento en el momento en que apagó el motor restante. Cuando finalmente lo sacaron de la cabina, descubrieron que había recibido disparos en el abdomen y la pelvis. Las heridas eran tan graves que le llevó meses recuperarse, y nunca volvió a volar. Con una pronunciada cojera debido al daño en la cadera causado por los disparos de alta velocidad, fue aclamado como un héroe.

Paine Arts Books and Collectables (fundada en 1949) es una de las librerías de antigüedades más recientes en Hay-on-Wye. Después de un breve período en el servicio de inteligencia de Su Majestad, Nigel decidió dedicar su vida a la lectura y al estudio del arte y la música. Convertirse en un empresario independiente le permitió transformar su pasión en una carrera.

Lo visito cada dos viernes, aunque nunca me he sentido completamente cómodo con su excéntrica y distante personalidad. Su presencia me intimida, y su bastón, que siempre cuelga en la pared, me inspira un miedo irracional. Por razones que no puedo explicar del todo, mi instinto me dice que mantenga la distancia.

Cuando estoy cerca de él, soy más un observador que un participante. Las conversaciones con él se sienten como ejercicios de contemplación—calles de un solo sentido en las que escucho y aprendo. Y, sin embargo, a pesar de la incomodidad, cada visita amplía mis horizontes y profundiza mi comprensión del mundo.

Hoy, sin embargo, es diferente. Estoy sentado solo en la tienda, sintiendo una profunda tristeza. Mi tía, Catherine Cromwell, falleció esta mañana después de una larga enfermedad.

El señor Newton-Paine se acerca, con una expresión inusualmente amable.

—Joven, he oído las noticias y tengo un par de cosas que podrían ayudarte. Pero primero, déjame preguntarte esto:

¿Podemos ver belleza en medio del dolor? ¿Podemos seguir escuchando la música a pesar de la tragedia? ¿Podemos contemplar la adversidad con respeto, pero sin miedo? ¿Podemos permanecer en medio de una tormenta y creer verdaderamente que pasará?

Sin esperar una respuesta, selecciona un enorme volumen encuadernado en cuero y lo coloca en su atril de conferencias. Lenta, deliberadamente, con voz firme y resonante, abre el libro y comienza a leerme.

Una melodía a través de la lluvia

Hoy desperté

ante una elección,

inspirado,

recuerdo lo arduo que ha sido

llegar a esta encrucijada.

¿Es la felicidad una elección?

Me he preguntado,

una y otra vez,

una y otra vez.

Al final, la respuesta yace

en el lugar más inesperado:

Una melodía a través de la lluvia.

Las notas musicales se sienten húmedas,

empapadas por la incesante tormenta.

Y sin embargo,

la música se abre paso suavemente,

atravesando con delicadeza.

La canción se desliza y entrelaza con la lluvia,

su melodía y armonía

ahogando el ritmo,

ensordeciendo el sonido

de las gotas de lluvia.

Puedo escuchar la música en todas partes,

mientras el cielo tamborilea como una cascada.

Y sin embargo,

nada puede extinguir

la belleza y el poder

de Una melodía a través de la lluvia.

*

—Pero ¿cómo puede haber música en la lluvia? —pregunto, con escepticismo en mi voz.

—Si puedes escuchar y sentir música esparciéndose a pesar de la lluvia —dice, inclinándose hacia adelante con intensidad silenciosa—, entonces no solo puedes superar cualquier cosa en la vida, sino que también puedes encontrar alegría, incluso en las circunstancias más adversas.

—Una melodía a través de la lluvia —repito lentamente, dejando que las palabras se asienten en mi mente—. Me gusta mucho, señor N. Gracias.

Cuando me levanto para irme, vuelve a hablar, su tono más suave pero aun captando toda mi atención.

—Quédate un poco más, si lo deseas —dice—. Tengo algo aquí que hará que tu tía sea tanto atemporal como inolvidable. Aquí va…

Él pasa la página del gran libro sobre su atril, aclara la garganta y comienza a leer. Su voz, cargada de reverencia, llena la sala.

Allá, allá, arriba por todo lo alto

Allá, allá, arriba por todo lo alto,

donde casi se puede tocar el cielo,

más allá del horizonte,

un arco iris interminable se extiende,

lleno de colores extraordinarios,

tan brillantes, tan radiantes,

un festín para los ojos,

más allá del asombro.

Apunta al cielo,

hacia los cielos,

y a través de él,

tras ser recogida por un ángel,

envuelta en polvo de estrellas mágico

y magia celestial,

surcando a la velocidad de un relámpago,

tu querida tía,

dejando la Tierra,

emprende su último viaje.

Y allá, allá arriba,

donde casi se pueden tocar las estrellas,

Catherine ahora descansa,

para siempre reposando tras un viaje

que no pudo completar del todo.

Allá, allá arriba,

donde yace el infinito,

solo mira el cielo nocturno—

y contempla la estrella brillante.

Mira cómo resplandece,

observa cómo centellea.

Esa es tu tía, tu amiga.

Esa es tu nueva compañera de viaje,

ahora iluminando tu camino por delante,

guiándote,

mientras completas tu propio viaje

por el planeta Tierra.

Allá, allá arriba,

donde uno está en el Cielo,

donde terminan los relucientes arcoíris,

se sienta una nueva estrella,

velando por ti,

tu guardiana para siempre.

*

Sobrecogido por la emoción, deambulo por la tienda del señor Newton-Paine, dejando que la belleza de sus palabras y su efecto calmante se apoderen de mí. Mientras me muevo, mis ojos se dirigen a los premios y artículos exhibidos en las paredes. Cada uno parece una historia esperando ser descubierta.

"'Piloto, as de combate, salva la vida de sus compañeros de tripulación,'" leo en un artículo enmarcado, cubierto con caoba pulida y vidrio. Junto a él cuelga una medalla, brillando suavemente bajo la luz.

Me giro, y ahí está él, el hombre con el marcado balanceo de sus caderas, moviéndose por la tienda como un reloj. Instintivamente arregla, alinea y coloca libro tras libro en su lugar correspondiente. No puedo apartar los ojos de él. Algo en sus movimientos me recuerda tanto a mi tía. Ella también era sociable, una incansable abeja obrera. Pero la similitud que me tiene fascinado es mucho más profunda. Ella sufría de una cadera degenerativa, y la forma en que su cuerpo se movía mientras trabajaba refleja exactamente el ritmo de mi mentor librero.

—¿Cómo se siente ser un héroe? —pregunto con timidez.

Él se detiene por un momento y luego comienza a caminar hacia mí con otro marco en las manos. Este contiene un papel arrugado y amarillento, con una escritura apenas discernible.

—Querido muchacho —comienza, su voz firme pero reflexiva—, los viejos combatientes no se abren fácilmente. Hemos enterrado nuestros recuerdos muy profundo y duele demasiado desenterrarlos. Y, sin embargo… —Hace una pausa, mirándome directamente a los ojos—. Ser tu mentor lo hace casi sin esfuerzo. No hay nada más desarmante que los ojos inocentes de un niño—o de un joven como tú.

Señala el papel manchado en el marco.

—¿Ves esas marcas? Es sangre. Perteneció a un aviador que estaba en su lecho de muerte. Ambos estábamos convalecientes en el hospital de la base aérea. Se enteró de lo que había hecho y pidió verme. Las enfermeras me llevaron en una camilla hasta su lado, y él me dio esto. Aún no sé si lo escribió él mismo. Solo dijo una cosa antes de morir: 'El coraje vence a cualquier ejército y aniquila cualquier miedo.'"

Por un momento, el silencio pesa en la habitación. Estudio el papel, pero sacudo la cabeza.

—No puedo leerlo, señor N.

Él sonríe levemente.

—Déjame ayudarte. Haré mi mejor esfuerzo para no emocionarme demasiado.

Un férreo puñado de pocos

Habíase una vez

Un Férreo Puñado de Pocos.

Venían de tierras lejanas,

tenían voluntades forjadas en acero,

su bandera estaba grabada en sus espíritus,

su país esculpido en sus almas

y sus seres queridos profundamente tallados en sus corazones.

Su coraje superaba cualquier ejército,

aniquilaba todo miedo,

y su furia indomable, abrumadora,

no podía ser contenida,

ni detenida.

Cuando llegó el momento de defender y conquistar,

sus valientes corazones rugieron,

y la Tierra tembló.

Lucharon unos por otros con honor,

para defender y proteger su bandera,

su país

y a sus seres queridos.

Y fue así,

como la fuerza devastadora de su valor

arrasó con todo,

dejando nada a su paso.

Habíase una vez

un puñado de hombres fuertes.

Venían de tierras lejanas,

tenían corazones valientes

y no podían ser vencidos,

pues su bandera estaba grabada en sus espíritus,

su país esculpido en sus almas,

y sus seres queridos tallados eternamente en sus corazones.

*

Al caminar de regreso a casa esa noche, casi puedo sentir la violenta vibración de los controles del avión y escuchar el rugido ensordecedor del único motor que mantuvo el avión del señor N. en el aire mientras lo llevaba de regreso a la base. La historia permanece en mi mente, pintando imágenes vívidas de coraje y determinación que parecen casi demasiado extraordinarias para ser reales.

Mis pasos son más lentos de lo habitual, pesados por la magnitud de lo que acabo de aprender. Las palabras del señor Nigel resuenan en mis pensamientos, sus historias y poemas llenan el aire nocturno tranquilo a mi alrededor. Los artículos enmarcados y las medallas, el papel amarillo manchado de sangre y su inquebrantable coraje—todo permanece como una sombra que se niega a desvanecerse.

Las calles están silenciosas, y las estrellas brillan tenuemente arriba, su luz guiándome a casa. Con cada paso, siento que las lecciones del día se asientan dentro de mí, sus verdades echando raíces y listas para crecer en algo más grande.

El profesor Cromwell-Smith emerge del pasado esta vez, con los ojos distantes y desenfocados. Toda la clase permanece en silencio, cautivada, reacia a que el momento termine.

Gradualmente, su mirada se desplaza del mundo de la memoria al presente. El aula parece quieta, pero cargada con el peso de la historia recién contada. Sus estudiantes permanecen inmóviles, sus expresiones una mezcla de asombro y contemplación, como si ellos también hubieran viajado en el tiempo y el espacio para presenciar el coraje y la resiliencia que él describió.

Él toma una respiración, su voz más suave ahora, mientras rompe el silencio.

—El coraje, mis queridos estudiantes, no es solo la ausencia de miedo; es la capacidad de actuar a pesar de él. Es la determinación inquebrantable de seguir adelante, incluso cuando cada paso parece imposible.

La voz del profesor Cromwell-Smith resuena suavemente, pero su mensaje cala profundamente en cada uno de los estudiantes presentes. El aire del aula parece pesado, como si las historias de valentía y sacrificio hubieran dejado una huella tangible.

—El coraje —continúa el profesor, dejando que su mirada recorra el aula— es lo que nos permite enfrentar no solo los retos, sino también a nosotros mismos. Es lo que nos impulsa a levantarnos cuando hemos caído, a seguir adelante cuando la adversidad parece insuperable. Y, sobre todo, es lo que nos define como seres humanos.

Un instante de silencio se instala mientras sus palabras se asientan. Entonces, una mano se levanta en la primera fila.

—Sí, adelante —dice el profesor, haciendo un gesto para invitar a la pregunta.

La mano pertenece a Clara, una estudiante de psicología conocida por su sensibilidad y perspicacia. Su voz es pausada pero segura.

—Profesor, en *Un Pequeño Grupo Fuerte*, el poema habla de un grupo que encuentra fuerza en su unidad y en sus lazos emocionales. ¿Cree que el coraje individual es siempre suficiente, o necesitamos el apoyo de otros para enfrentarnos a los mayores desafíos de la vida?

El profesor asiente lentamente, reflexionando por un momento antes de responder.

—Una pregunta profunda, Clara. El coraje individual es una fuerza poderosa, pero también limitada. Somos humanos, y como tales, necesitamos conexión, apoyo y el consuelo de los demás. El poema destaca cómo esos lazos —ya sean con compañeros de batalla, amigos o familia— pueden amplificar nuestra valentía. Sin embargo, incluso cuando estamos solos, nuestra capacidad de recordar y honrar esas conexiones puede darnos fuerza. En última instancia, el coraje no siempre se trata de enfrentarse al mundo sin ayuda; a menudo se trata de saber cuándo buscarla.

Clara asiente, visiblemente satisfecha, mientras escribe con rapidez en su cuaderno.

Otra mano se eleva desde el centro del aula.

—Sí, tú, adelante —dice el profesor, apuntando hacia la estudiante.

La mano pertenece a Gabriel, un estudiante de filosofía con un interés particular en las emociones humanas. Su tono es pensativo mientras habla.

—Profesor, en *Una melodía a través de la lluvia*, la música representa un tipo de belleza que persiste incluso en medio de la adversidad. ¿Cree que esa perspectiva puede aplicarse universalmente? Es decir, ¿todas las personas pueden encontrar una "canción" en su propia "lluvia"?

El profesor sonríe levemente, con un destello de aprobación en los ojos.

—Una pregunta fascinante, Gabriel. La respuesta corta es sí, todos podemos encontrar esa canción, pero requiere práctica. Es una cuestión de perspectiva, de entrenar nuestra mente y nuestro espíritu para buscar lo bueno, incluso en momentos oscuros. Para algunos, esa canción puede ser un recuerdo feliz, un acto de gratitud o la fe en un mañana mejor. No es fácil, y algunos días parece imposible, pero aquellos que logran encontrarla suelen descubrir que la música, aunque tenue al principio, se hace más fuerte con el tiempo.

Gabriel asiente lentamente, claramente reflexionando sobre las palabras del profesor.

Una última mano se levanta desde la parte trasera del aula.

—Sí, adelante —dice el profesor, señalando al estudiante. Es Andrea, una estudiante de literatura apasionada por la narrativa y los símbolos. Su voz es clara y firme.

—Profesor, *Allá, Allá, Arriba Por Todo Lo Alto* describe a la tía de Erasmus como una estrella que guía desde el cielo. ¿Cree que esa metáfora puede ayudarnos a superar el duelo, o existe el riesgo de aferrarnos demasiado al pasado?

El profesor inclina ligeramente la cabeza, considerando la pregunta.

—Una excelente observación, Andrea. La metáfora de la estrella no pretende anclarnos al pasado, sino más bien conectarnos con él de una manera que nos permita seguir adelante. Es un recordatorio de que aquellos a quienes hemos perdido todavía pueden influir en nuestra vida, no como una carga, sino como una fuente de fortaleza y sabiduría. El duelo es un proceso complejo, y cada persona lo vive de manera diferente, pero la clave está en encontrar formas de honrar a nuestros seres queridos mientras avanzamos hacia el futuro.

Andrea sonríe, agradecida por la profundidad de la respuesta.

El profesor observa el reloj, y una suave sonrisa se dibuja en su rostro mientras vuelve a dirigirse a la clase.

—Y con eso, concluimos nuestra sesión de hoy. Recuerden, el coraje adopta muchas formas: puede ser un acto de resistencia interna, un gesto de unidad, o incluso un cambio de perspectiva. Les dejo con estas palabras: busquen siempre su propia canción en la lluvia y sigan adelante, con valentía y determinación. Hasta la próxima.

Los estudiantes comienzan a recoger sus pertenencias, sus rostros reflejando la inspiración y la introspección de la clase. Mientras salen del aula, el profesor Cromwell-Smith se queda quieto por un momento, observándolos. En su expresión se mezcla el orgullo con una melancólica serenidad, como si él mismo estuviera reflexionando sobre las lecciones compartidas ese día.

Finalmente, recoge sus papeles y camina hacia la salida, el eco de sus pasos resonando suavemente en el aula vacía.

Capítulo 6

Los círculos de la vida

A veces no puede evitarlo: el profesor Cromwell-Smith no es una persona madrugadora. Sintiendo los estragos de la edad y cierta ansiedad por el deterioro de su salud, está de mal humor en esta mañana particular. Mientras sorbe su té en casa, el sonido de las gotas de lluvia golpeando contra la ventana parece reflejar sus pensamientos inquietos. Sin embargo, recuerda lo que aprendió de la señora V. hace mucho tiempo y decide cambiar su perspectiva. Para cuando sale por la puerta, el mal humor de la mañana ha dado paso a una tranquila determinación.

Al llegar al colegio, entra al aula con una energía que desmiente su estado de ánimo anterior. Su presencia es magnética, como siempre, y el aula se queda en silencio en anticipación. El resuelto profesor se coloca frente a sus estudiantes, listo para compartir uno de sus secretos favoritos.

—Clase, a veces nuestros días no comienzan bien, y, sin embargo, depende enteramente de nosotros dirigirlos en la dirección correcta. Recuerdo vívidamente un día particular en el que recibí una valiosa lección de vida.

—✳—

—¡Señora V.! —el taxista le gritó al pobre anciano que cruzaba la calle. El lechero regañó a un par de niños que, accidentalmente, rompieron algunas de sus valiosas botellas al chocar sus bicicletas. El cartero le gritó a una señora embarazada porque no salió lo suficientemente rápido a recoger sus cartas. El camarero maldijo mientras echaba al borracho fuera del bar. El hombre indio del quiosco de prensa maldijo al creador cuando un adolescente derramó un refresco sobre sus revistas. El fontanero invocó a la madre de su compañero de trabajo cuando accidentalmente rompió una tubería en la que estaban trabajando, y el policía se desahogó, persiguiendo a un joven por merodear en el lugar equivocado. Mi profesor de historia rogó ayuda divina para que me otorgara sabiduría y responsabilidad, y mi madre me echó de casa cuando le dije que tenía un nuevo cabello blanco justo encima de su oreja derecha.

—¿Se ha vuelto todo el mundo loco? ¿Qué está pasando?

La señora V. me mira divertida, rascándose la cabeza, como si se preguntara qué hacer conmigo.

—¡Modicum, Modicum, Modicus! —recita, como si estuviera lanzando un hechizo de precaución, moderación y templanza sobre mí.

—Alma joven y perdida, necesitas un remedio fuerte para el espíritu. Siéntate, y haré que leas un antídoto para el veneno que te está afectando en este momento.

Camina directamente hacia una pila de enormes y pesados libros con una sonrisa llena de paz. Escoge el de arriba, sacude el polvo y me lo trae. Lo coloca sobre mi regazo, se sienta a mi lado, abre el libro justo por el medio, retrocede dos páginas y luego me pide que lea…

La tierra de la gente feliz

Érase una vez,

en una tierra no muy lejos del Cielo,

vivían unas cuantas personas felices,

rodeadas por muchas más llenas de ira.

Y como eran mayoría,

la felicidad solía ser superada por la ira.

Y esto daba lugar a otro problema incómodo:

cuanto más felices se volvían los alegres,

más furiosos se tornaban los otros.

A veces, parecía que la felicidad

no era lo suficientemente contagiosa.

Para muchos, la ira parecía ser

la única emoción que podían sentir verdaderamente.

Todo esto formaba un mundo desconcertante, casi surrealista,

donde los iracundos resentían,

incluso despreciaban,

la permanente e inquebrantable

disposición alegre y feliz de los otros.

¿Era este un lugar feliz nublado por la ira?

¿O una tierra de ira salpicada de alegría?

¿Qué tenía realmente el poder?

¿La felicidad o la ira?

¿Podía una persona llena de ira encontrar la felicidad,

aunque fuera de forma fugaz?

¿Había un atisbo de furia o dolor dentro de la felicidad?

¿Podían la ira y la alegría caminar juntas?

¿Podía haber alegría

en medio de la adversidad y la tragedia?

¿Podía haber luz en la oscuridad?

¿Sabían los iracundos sonreír?

¿Entendían los alegres el dolor?

¿Comprendían los iracundos lo que era la felicidad?

¿Captaban los felices la profundidad de la rabia?

¿Había una fórmula secreta para la felicidad?

Érase una vez,

en una tierra no muy lejos del Cielo,

vivían unas cuantas personas felices.

Al final, prevalecieron

sobre los muchos otros llenos de ira

y acabaron con la ira y la tristeza para siempre.

*

—¿Debo presumir que usted, la señora V., y yo formamos parte de las personas felices, y mi madre, mi profesor y toda esa otra gente no? —pregunto, con un tono de curiosidad.

—Por el momento, sí —responde, con un tono firme pero amable—. Pero ten cuidado; esas personas llenas de ira están por todas partes, como ladrones de cuerpos que pueden atraparte en cualquier momento. Y ten en cuenta la ira misma, porque no necesita de nadie más: puede apoderarse de ti por sí sola, envenenando tu capacidad de ser feliz.

Hace una pausa, inclinándose ligeramente hacia adelante.

—Mi inquieto aprendiz, pregúntate: ¿por qué hoy, de todos los días? ¿Por qué notaste la ira en todas esas personas? ¿Por qué no ayer o anteayer? Después de todo, han tenido la misma personalidad todos los días de sus vidas. Y aquí hay otro pensamiento: ¿realmente detectaste su ira, o podría haber sido la tuya?

Las palabras de la señora V. calan profundamente, y cuando lo hacen, la miro con los ojos muy abiertos, en silencio, impresionado por el asombro y la maravilla.

—Ya ves lo fácil que es que la ira te atrape —continúa—. En este caso, parecía la ira de los demás. Pero en verdad, mi querido chico, todo depende de tu actitud y del tipo de lentes de vida que elijas usar al contemplar y juzgar a los demás. Ahora, aquí hay algo más que quiero que leas: algo sobre los caminos que seguimos en la vida…

Se acerca a otro libro, sus dedos rozando la gastada cubierta de cuero mientras lo saca del estante, lista para compartir otra lección.

El carrusel de la vida

El carrusel de la vida

gira y gira,

por eso todo lo que vivimos,

viene y va en círculos completos,

volviendo al lugar donde comenzó

o donde terminó.

Sí, en muchos sentidos, la vida es un círculo—

o mejor dicho,

una serie de curvas y giros elípticos interminables

de un círculo más grande y amplio.

Lo que te parece nuevo y único,

ya ha sucedido—

¡millones de veces antes!

Porque, ves…

con cada giro de la rueda,

lo que fue, lo que es y lo que será

son una y la misma cosa—

ya que en cada uno de los giros de la vida,

hay un comienzo,

luego la vida nos da una vuelta,

y luego, inevitablemente,

todo tiene un final.

Pero alégrate—

ya que la rueda gira perpetuamente,

un final es también un nuevo comienzo,

y como nada realmente cesa,

la vida es, por lo tanto,

¡un flujo constante y circular!

Girando y girando,

dando vueltas y vueltas,

lo que es, es,

lo que fue, será,

lo que será, ya ha sido,

y volverá a ser…

Pero, sobre todo,

¡regocijémonos ahora!

Especialmente por aquellos que amamos,

y por lo que consideramos preciado—

sea lo que sea,

porque nunca sabemos

cuándo podría terminar.

Pero no te distraigas,

pues hay momentos en la vida

que comienzan al final,

y otros que terminan al principio,

por lo tanto, es prudente y sabio recordar—

que siempre nos espera una apertura en la vida,

el comienzo de un nuevo inicio.

Así que, hagamos girar el carrusel de la vida,

dando vueltas y vueltas,

iremos en círculos,

donde el principio,

el final,

y el medio de todo

son uno y lo mismo,

solo un giro diferente.

*

—¿Entonces mi vida es un círculo, Señora V.? —pregunto, intentando descifrar su sabiduría.

—No exactamente, —responde con un tono reflexivo. —Piensa en tus círculos en la vida como la trayectoria de la estela que dejas al vivir. Así que, mi ofuscado aprendiz, todo regresa al círculo completo en la vida. Al final, trazamos círculos bien vividos y completos—o no lo hacemos. Por eso debes esforzarte por ser feliz, por vivir una vida serena, plena e inspirada, siempre siguiendo los mejores instintos de tu corazón.

Hace una pausa, y me regala una sonrisa amable y sabia.

—Pero, joven, esos son temas que exploraremos más adelante en tu aprendizaje.

— ✦ —

De vuelta en el aula, el profesor Cromwell-Smith hace una pausa, dejando que la historia repose en las mentes de sus estudiantes. Recorre la sala con la mirada y nota algunas manos levantadas, tímidamente al principio. Con un leve asentimiento, invita a los alumnos a hablar.

Rebecca, estudiante de Filosofía conocida por sus preguntas profundas y sus coloridas bufandas, interviene primero. Su intelecto agudo y su habilidad para plantear cuestiones complejas la caracterizan.

—Profesor, ¿cree usted que la ira, tal como la describe, es una parte inevitable de la naturaleza humana? ¿O realmente puede superarse?

El profesor asiente pensativo.

—Rebecca, esa es una pregunta muy profunda. La ira, en muchos sentidos, está ligada a nuestros instintos: una respuesta a amenazas percibidas. Sin embargo, aunque es natural, no es insuperable. Superar la ira requiere conciencia y la elección consciente de buscar comprensión en lugar de reaccionar. Se trata de cambiar los lentes con los que observamos el mundo y a los demás.

Michael, un estudiante de Historia con una mente analítica y una pasión por el debate, es el siguiente. Su forma de hablar, precisa y casi de abogado, lo distingue.

—Mencionó que la ira puede envenenar la felicidad. ¿Podría explicar cómo uno puede identificar y neutralizar esa ira antes de que se apodere de nosotros?

—Michael, — responde el profesor, —la ira a menudo se oculta a plena vista, disfrazada de justicia propia o de dolor. Para identificarla, uno debe preguntarse: '¿Qué estoy protegiendo? ¿De qué tengo miedo?' Neutralizar la ira requiere reformularla: cambiar el enfoque de lo que se ha perdido o amenazado hacia lo que se puede ganar con paciencia y compasión.

Jane, una estudiante de Literatura tranquila pero observadora, levanta la mano. Su amor por la poesía se refleja en la forma en que a menudo cita versos durante las discusiones. Ella pregunta:

—Profesor, ¿hay una conexión entre la ira y la creatividad? ¿Puede la ira ser una fuente de inspiración para el arte?

Los ojos del profesor se iluminan.

—Jane, absolutamente. La ira, como cualquier emoción intensa, puede alimentar la creatividad. Muchas obras poderosas de arte y literatura nacen de sentimientos intensos, incluida la ira. Sin embargo, la clave está en transformar esa emoción cruda en algo significativo: usarla como un catalizador en lugar de una fuerza destructiva.

Finalmente, Raj, un estudiante de Psicología con entusiasmo contagioso y agudo ingenio, interviene:

—Profesor, ¿cree que la sociedad en su conjunto es más iracunda que feliz? Y de ser así, ¿cómo podemos, como individuos, cambiar ese equilibrio?

—Raj, parece que la ira domina en muchos aspectos de la sociedad, —reconoce el profesor. —Pero la felicidad tiene una fuerza silenciosa. Como individuos, cambiamos el equilibrio eligiendo la bondad, practicando la empatía y fomentando la gratitud. Estos actos se propagan como ondas, creando círculos de positividad que contrarrestan la negatividad.

A medida que la sesión llega a su fin, el profesor se prepara para concluir.

—Clase, recuerden que la felicidad y la ira no son solo emociones, sino elecciones. Los círculos que trazamos en nuestras vidas se moldean según las emociones que alimentamos y las actitudes que elegimos. Salgan ahí fuera y tracen sus círculos con cuidado.

El profesor Cromwell-Smith termina su clase dibujando un círculo en el aire con dos dedos juntos. El gesto es simple pero profundo, y resuena profundamente entre sus estudiantes. Uno por uno, ellos imitan con entusiasmo a su inspirador viajero en el tiempo, dibujando sus propios círculos en el aire. Es un momento tranquilo, casi mágico, una conexión compartida mientras el grupo de estudiantes expresa su unidad y admiración por el profesor y su clase.

Desde ese día, los círculos en el aire se transforman en un ritual, evolucionando hacia un gesto significativo entre muchos de ellos, usado tanto como despedida como saludo.

—Los veré la próxima semana para continuar nuestro viaje a través de momentos del pasado de mi vida, con la poesía como nuestro telescopio inspirador. Clase, están despedidos, —dice el profesor Cromwell-Smith con una voz impregnada de calidez y reflexión.

Deja que sus últimas palabras floten en el aire, un momento de calma antes de que la clase termine. Uno a uno, innumerables círculos parecen dibujarse en el aire mientras los estudiantes se despiden de su querido profesor y de las inolvidables historias que comparte.

Capítulo 7

La esperanza

Hoy, Nueva Inglaterra ha amanecido en estado de emergencia regional, ya que la cola de un huracán rozó la costa la noche anterior. Muchas comunidades están devastadas, y un sinfín de familias se encuentran ahora sin hogar.

El profesor Cromwell-Smith, completamente empapado, pedalea en su bicicleta bajo una lluvia ligera pero constante, sorteando las calles del campus que han quedado parcialmente inundadas tras la tormenta.

Al entrar en el edificio principal, parece que la humedad le sigue. Los suelos están resbaladizos, las esquinas están llenas de paraguas goteando y los impermeables cuelgan lánguidos de los ganchos, añadiendo a la omnipresente sensación de frialdad y humedad.

—Las cosas están bastante desordenadas allá afuera, —dice el profesor con seriedad al entrar en su aula, sacudiendo las gotas de agua de su sombrero.

Los estudiantes están en silencio, sus rostros reflejan introspección; muchos de ellos probablemente se han visto afectados por la tragedia de una forma u otra.

—Hoy, —comienza con un tono solemne pero firme, —a la luz de la tragedia que afecta a nuestro estado, yo, y estoy seguro de que algunos de ustedes también, recordaré un momento en el que la esperanza fue lo último que abandoné.

— ✳ —

Durante los últimos seis meses, mis padres me han estado ayudando a enviar solicitudes a todas las universidades posibles en Inglaterra, Francia y Suiza. Pero, a pesar de mi excelente expediente académico, las cartas de rechazo no han dejado de llegar una tras otra. La confianza inicial de mis padres, que yo también había adoptado como propia, ha recibido un golpe tras otro, erosionándose progresivamente. Ahora, durante sus discusiones nocturnas llenas de reproches, comienza a surgir la idea de considerar una escuela técnica o un aprendizaje como alternativas.

Hoy es martes, y sé exactamente adónde quiero ir—o más bien, adónde necesito ir. Y nadie es mejor en momentos difíciles que el señor M., el Equilibrista.

En este día nublado y brumoso, la librería Morris-Rose and Sons está abarrotada de gente y vehículos. Desde la distancia, veo un par de camiones de televisión y operadores de cámaras cargando su equipo. Una docena de personas sale de la librería, algunas con micrófonos, otras con auriculares. Luego, en diez minutos, la esquina de la calle vuelve a la normalidad, tan vacía como de costumbre. Es entonces cuando hago mi gran entrada, que de grande no tiene nada—es solo una fachada, ya que, una vez más, nadie se da cuenta de mi presencia.

El señor M. está ocupado tomando notas por teléfono, y su lenguaje corporal delata su estrés. Me siento en mi rincón favorito y lo observo mientras se va enfureciendo poco a poco, hasta que cuelga el teléfono, devolviendo el auricular a su base casi con un golpe. Resopla y jadea, calmándose lentamente. Pasa un tiempo hasta que vuelve en sí y, finalmente, nota mi presencia.

—Hoy no es un buen día, Erasmus, —suspira.

Empiezo a levantarme, pero él me hace señas para que me quede sentado.

—Siéntate, siéntate; no quise ahuyentarte. Siempre tengo tiempo para ti. Ser mentor es una labor de amor que nunca cesa.

Dudo, sin saber qué hacer.

—Erasmus, hoy no estás aquí solo para leer. Algo te preocupa; tus ojos están perdidos y claman por orientación.

—Así es, —respondo.

—¿Qué te inquieta?

—Todas las universidades me están rechazando.

—Eso es sorprendente, dado tu expediente académico. No te preocupes, hijo mío; te lo has ganado, y eventualmente, varias de esas instituciones académicas estarán encantadas de darte la bienvenida. Ten en cuenta que tú y tus padres están apuntando alto. Quieren ir a lo mejor que existe en educación superior, lo cual es una gran hazaña. Parafraseando a Maquiavelo, 'Hay muy poco espacio en las habitaciones superiores del palacio', especialmente cuando se trata de una beca.

Camina de un lado a otro de la sala, finalmente toma una decisión y se dirige rápidamente al otro extremo del pasillo principal. Sobre una mesa hay un libro de tamaño medio, verde y dorado. Lo recoge y, para cuando llega hasta mí, el libro ya está abierto en la página elegida. Luego se sienta a mi lado, hablando mientras lo hace.

—Mi atormentado y talentoso aprendiz, permíteme leerte algo excepcional sobre la profundidad de la esperanza y por qué es una fuente de fuerza tan poderosa.

*

La Esperanza

En aquellos momentos

cuando el infortunio nos persigue y nos abruma,

cuando las cosas no nos pueden ir peor,

cuando todas nuestras fuerzas y fortalezas flaquean

o simplemente se han ido ya,

la esperanza es la que nos rescata e impulsa a continuar.

La esperanza es la que nos sacude y despierta

empujándonos hacia delante.

A través de la esperanza

es como sobrellevamos las adversidades

y superamos cualquier tipo de obstáculo.

La esperanza es nuestro pasaporte

hacia los confines del espíritu y el alma.

La esperanza es nuestro salvoconducto

hacia la libertad de los grilletes en nuestra mente

y las cadenas que nos causan penurias y privaciones.

Cuando tenemos esperanza no existe el temor a tener miedo,

ni miedo al miedo por sí mismo.

La esperanza es la semilla del valor, el coraje y la valentía.

La esperanza es una de las herramientas

más efectivas y potentes

para navegar y sobrevivir al 'juego de la vida'.

La esperanza es ese poder interno

pausado y constante,

que nos otorga temple de acero

y abundante confianza en nosotros mismos,

cuando más la necesitamos.

Cuando hay esperanza estamos siempre dispuestos

a continuar, insistir, recomenzar, reconstruir, recrear,

restaurar, reanudar, reavivar, depender de, emprender,

repetir y rehacerlo todo de nuevo, una y otra vez.

Cuando tenemos esperanza nunca estamos dispuestos

a abandonar o renunciar.

La esperanza en la vida,

por nosotros mismos y por los demás,

cura la incapacidad de ver y oír a nuestra alma y espíritu,

llenando nuestras vidas con luces brillantes

y susurros de melodías que nos indican

e iluminan caminos, senderos y puertas

que parecían no existir previamente.

La esperanza es el elixir

que nos provee de propósitos en la vida.

La esperanza es nuestro 'pozo de deseos'

del cual extraemos el significado de estar vivos.

Mientras tengamos esperanza

siempre nos mantendremos auténticos,

genuinos y sinceros con nosotros mismos.

La esperanza nos hace sentir invencibles

ante los peores ciclones.

La esperanza nos permite enfrentar

cualquier ojo de la tormenta sin pestañear.

La esperanza nos equipa

con armaduras invisibles

debajo de delicadas y suaves sedas.

La esperanza nos ayuda a levantarnos de nuevo

y nunca permitir que permanezcamos en el suelo.

Tenemos esperanza cuando empecinados

creemos que podemos crear un future mejor.

Y no solo sabemos lo que esperamos,

sino también el grado en que podemos lograrlo.

La Esperanza se muestra más fuerte
que cualquier circunstancia,
cualquier desafío que enfrentemos,
o cualquier lugar en el viaje de la vida en el que nos
encontremos.

La Esperanza resuena profundamente en nuestro núcleo,
difundiéndose sin esfuerzo hacia los demás.

Cuando tenemos Esperanza, elegimos deliberadamente
una mentalidad positiva y resolutiva.

Es por eso que la Esperanza perdura
cuando despejamos los obstáculos emocionales
de su camino.

La Esperanza es mucho más poderosa

cuando esperamos no solo por nuestro propio bienestar,

sino también por el de nuestros seres queridos.

Cuando esperamos, creemos obstinadamente

que siempre hay una solución,

un camino de entrada o salida en cualquier situación.

Cuando esperamos contra las mareas,

a pesar de las opresiones y heridas,

y cuando esperamos con la convicción

de que lo sagrado y espiritual

trasciende lo mundano,

la Esperanza se transforma en un escudo existencial

contra el fracaso, el abandono o la rendición.

La Esperanza se convierte en un arma existencial

contra el pesimismo o la derrota.

La Esperanza es un estado de ser virtuoso y elevado

que exalta nuestra condición humana

y fortalece nuestro carácter.

La mayor virtud de la Esperanza

es su capacidad de hacernos resilientes.

El combustible más potente de la Esperanza es el coraje.

La Esperanza nos construye y define

como 'guerreros de la vida,'

preparados para superar y resistir.

La Esperanza es el ejercicio supremo de la autodeterminación.

Y cuando no queda ninguna otra libertad,

la Esperanza es la última libertad en pie,

permitiéndonos elegir,

independientemente de cualquier cosa o persona,

un futuro más brillante por delante.

*

—Erasmus, la esperanza es tu mayor fuente de fuerza y libertad.

Señor M., ¿es así como nunca me rendiré en nada? —pregunto.

—Bueno, aprendiz impetuoso, hay momentos en la vida en los que tendrás que dejar ir. Pero esta vez es completamente diferente, ya que la esperanza debería ser tu actitud natural. Cuando persigas algo, hazlo con pasión, pero siempre impulsado por la fuerza y la determinación que la esperanza te concede. Entonces, no es que nunca te rindas; es que nunca pierdes la esperanza y, por lo tanto, nunca te rindes. Vaya, vaya, joven, me has arreglado el día. Cada vez que los medios descienden sobre nuestro pequeño pueblo para regurgitar la misma cansada historia sobre nuestras innumerables librerías de libros antiguos, tienen esa molesta costumbre de querer entrevistarme, entre todas las personas.

Simplemente no puedo soportar la pura ignorancia de los periodistas que envían aquí.

Habla con una sonrisa relajada. Mientras me voy, ya no albergo ninguna duda de que tiene razón. Finalmente seré aceptado en una de esas pocas habitaciones superiores del palacio.

Al salir de Morris-Rose and Sons, el aire neblinoso se envuelve a mi alrededor, suavizando los bordes del mundo. El libro que el Sr. M. leyó permanece en mis pensamientos, sus palabras grabadas en mi mente.

La lluvia ha cesado, dejando un aroma fresco y terroso, y los adoquines brillan levemente bajo la tenue luz de las farolas. Camino a casa con un renovado sentido de determinación, la sabiduría del Sr. M. resonando en mis oídos. La esperanza, me recuerdo, es la guía inquebrantable a través del laberinto de la vida.

Con cada paso, me siento más ligero, como si el peso del rechazo hubiera sido reemplazado por una creencia inquebrantable de que mejores días están por venir. Cuando llego a la Puerta de mi casa, la niebla en mi mente se ha disipado, dejando atrás el resplandor constante de la esperanza.

— ✦ —

El profesor Cromwell-Smith devuelve la atención de la clase, recordándoles que siempre hay nuevos comienzos en la vida, momentos que ponen a prueba nuestro núcleo, mientras que la Esperanza siempre está en el centro de esas encrucijadas como nuestro salvoconducto hacia una vida mejor.

El aula permanece en silencio, sus palabras resuenan profundamente en los estudiantes. Lentamente, su mirada vuelve al presente mientras recorre el salón con los ojos. Su mirada se detiene en cada rostro, reflejo de expresiones de contemplación y serena determinación.

—Y eso —dice, con una voz firme, pero cargada de tranquila convicción— es cómo llego a entender que la Esperanza no es solo un sentimiento. Es una elección, una actitud y una fuente de fortaleza que puede llevarnos a través de los momentos más oscuros de la vida. Incluso cuando todo parece perdido, la Esperanza es la última libertad que nos queda.

Una mano se alza en la primera fila.

—Sí, adelante —invita.

La mano pertenece a Akiko, una estudiante de Psicología con un porte sereno e intensidad tranquila. Su voz, calmada pero llena de curiosidad, pregunta:

—Profesor, ¿por qué la Esperanza es la última libertad que queda?

—Una excelente pregunta, Akiko —responde—. Porque incluso frente a grandes tragedias y dificultades, a pesar de la pérdida de todos y de todo, nada ni nadie puede privarte de tu capacidad de Esperar.

Sigue un profundo silencio mientras el profesor parece mirar a cada estudiante directamente a los ojos, recorriendo la sala con una mirada serena y decidida, como si estuviera completamente poseído por la Esperanza.

Otra mano se levanta en la fila central.

—Sí, adelante.

La mano pertenece a Jennifer, una estudiante de Literatura con un marcado interés por la resistencia del espíritu humano. Su tono es calmado, pero inquisitivo, cuando comienza:

—Profesor, en el poema "Esperanza", la idea de que sea "la semilla del coraje" y "la última libertad que queda" es poderosa. ¿Cree usted que la Esperanza es algo innato en todos nosotros, o es algo que debemos aprender y cultivar con el tiempo?

—Una excelente pregunta, Jennifer. La Esperanza es un poco de ambas cosas. Es innata en el sentido de que nacemos con una capacidad inherente para imaginar y desear futuros mejores, lo cual es la base de la Esperanza. Sin embargo, las dificultades de la vida suelen desafiar esa capacidad, y es a través de esos retos que aprendemos a nutrir y cultivar la Esperanza. Se convierte en una habilidad, una elección deliberada para perseverar, para creer en posibilidades incluso cuando parecen inalcanzables. Con el tiempo, cuanto más practicamos la Esperanza, más fuerte se vuelve.

Jennifer asiente, tomando notas mientras otra mano se alza desde el fondo.

—Sí, en el fondo.

La mano pertenece a Lucas, un estudiante de Economía con una mente lógica que a menudo busca aplicaciones prácticas en ideas abstractas. Su voz, reflexiva pero perspicaz, pregunta:

—Profesor, en el poema se dice: "La Esperanza nos equipa con una armadura invisible bajo una seda suave y delicada". ¿Cómo puede algo tan intangible como la Esperanza proporcionar protección real frente a dificultades tangibles?

—Ah, Lucas, una observación muy aguda. La "armadura invisible" representa la fortaleza interior y la resiliencia que la Esperanza nos otorga. Aunque no nos protege de las dificultades físicas, sí protege nuestro espíritu y nuestra mente, permitiéndonos resistir, adaptarnos y superarlas. La Esperanza nos da la fortaleza mental y emocional para enfrentar los desafíos sin quebrarnos. Nos empodera para ver más allá del sufrimiento inmediato y para imaginar y trabajar hacia resultados mejores. En ese sentido, la Esperanza es una protección muy real y formidable.

Lucas se recuesta, asintiendo mientras reflexiona sobre las palabras del profesor.

Otra mano se alza desde el lado izquierdo.

—Sí, adelante.

Esta vez es Hillary, una estudiante de Literatura que a menudo conecta los temas poéticos con ideas filosóficas más amplias. Su voz, suave pero profundamente reflexiva, pregunta:

—Profesor, el poema habla de la Esperanza como un "escudo existencial" y una "fuente de voluntad". ¿Cree usted que la Esperanza por sí sola es suficiente para impulsarnos hacia adelante, o necesita estar acompañada de algo más, como la acción o la fe?

—Una pregunta profundamente perceptiva, Hillary. La Esperanza por sí sola es un punto de partida, pero no basta para impulsarnos por sí misma. Debe estar acompañada de acción, de pequeños pasos, incluso frente al miedo o la incertidumbre. La fe puede amplificar la Esperanza, proporcionando una base espiritual que la refuerza. Juntas, la Esperanza, la acción y la fe crean un trípode poderoso que nos equipa para perseverar y construir un futuro mejor. La Esperanza sin acción es simplemente un deseo; pero la Esperanza combinada con esfuerzo es transformadora.

Hillary sonríe, visiblemente conmovida por la respuesta.

El profesor Cromwell-Smith mira el reloj, su expresión se suaviza en una rara y humilde sonrisa.

—Tengan un buen día, todos —dice, con una voz tranquila y decidida.

A medida que los estudiantes salen, uno a uno, miran hacia atrás con expresiones de gratitud y una comprensión renovada, sus sonrisas discretas reflejan el peso de la lección. *Hay Esperanza, después de todo*, reflexiona mientras camina hacia su vieja bicicleta oxidada, sus pensamientos divagando en el poder de la Esperanza.

Capítulo 8

La inspiración

Hoy, la facultad ha sido magnánima con el profesor Cromwell-Smith, concediéndole el uso de un auditorio mediano para su clase. Tiene capacidad para más de doscientas personas.

—¿Cómo están todos hoy? —pregunta.

El aula, diseñada al estilo de una sala IMAX, da la impresión de que el profesor está hablando cara a cara con cada estudiante.

El espacio está repleto, y el murmullo de la multitud crece. Él asiente, reconociendo su energía. Su presencia también lo humilla—la poesía rara vez atrae a una audiencia tan numerosa.

—Permítanme llevarlos hoy a un momento de mi vida en el que el miedo me consumía —comienza.

—— ✦ ——

A medida que se acerca mi decimoctavo cumpleaños, las dudas sobre mi futuro me abruman. Estoy a punto de dejar mi hogar y vivir lejos de mis padres por primera vez en mi vida. Ser aceptado en Oxford fue emocionante, pero la euforia solo duró unas pocas semanas. Mis padres me llevaron a la hermosa ciudad y universidad, y la experiencia fue estimulante—disfruté cada minuto. Pero, pocos días después, la ansiedad vuelve, más fuerte que antes.

Cuando entro en la tienda del señor Newton-Paine, busco consejo y apoyo. El miedo me atenaza mientras la fecha de mi partida se acerca rápidamente. Al cruzar la puerta, veo a mi intrépido mentor despidiendo alegremente a una anciana que ha venido de visita desde Liverpool.

—Buenos días, mi querido joven —saluda.

—Necesito su consejo, señor Newton.

—Pareces necesitarlo, Erasmus. ¿Qué sucede? Soy todo oídos.

—Me falta determinación. Estoy ansioso y tengo miedo. ¿Qué debería hacer? Quiero hacerlo bien en Oxford, pero no estoy seguro de estar listo para ello.

Inclinando la cabeza hacia adelante, mi humilde héroe me observa a través de sus gafas, que descansan precariamente en la punta de su nariz. Siento su mente trabajando, deliberando sobre su respuesta. Se aleja cojeando hacia una estantería repleta de pergaminos y cuidadosamente extrae uno. Lo desenrolla con meticulosidad, alisando sus bordes y colocándolo sobre su atril, sujetando los extremos superior e inferior para mantenerlo abierto.

—Todo lo que necesitas encontrar, joven erudito, es inspiración, y el contenido de este pergamino te ayudará a descubrir la sabiduría para buscar y atesorar la inspiración en la vida.

Entonces, comienza a leer. Sus primeras palabras me atrapan, envolviéndome en su hechizo, y siento cómo mis miedos empiezan a disolverse…

En qué consiste una vida inspirada

Estar inspirado es

ser continua y felizmente dichoso,

inhalar profundamente y sentirse realmente bien,

exhalando con gozo el dulce sabor

de simplemente estar vivo.

Vivir una vida inspirada es un don,

un encantamiento mágico

que nos transforma en hechiceros de la vida—

de esos que no piden nada,

pero reparten magia en abundancia.

Detrás de una persona inspirada,

siempre hay algo o alguien

que enciende la chispa

y nos conecta profundamente.

Alrededor de una persona inspirada,

irradia un poderoso halo de energía positiva—

un campo magnético que despierta nuestros mejores talentos

y atrae interminables círculos virtuosos.

Cuando estamos inspirados,

nos vestimos con un manto de inmutabilidad,

con un brillo perpetuo en la sonrisa.

Los ojos resplandecen con la paz y la calma

de una vida plena.

Cuando estamos inspirados,

contemplamos la vida

a través de una lupa mágica—

un cuadro teñido de rosa,

incluso en las circunstancias más difíciles.

Por eso,

estar inspirado requiere

una gran dosis de ingenio.

Cuando estamos inspirados,

nuestros mejores atributos están en acción.

Los "si", los "pero" y los "no puedo" desaparecen

y los límites, las fronteras y los periscopios

se reemplazan por horizontes abiertos,

listos para los incontables viajes

que nos esperan.

Para una persona inspirada,

todo es posible—

una oportunidad por descubrir,

una piedra sin esculpir,

una melodía por componer,

un verso por escribir,

o una obra maestra por nacer.

Vivir una vida inspirada es
estar en un estado de disposición
para capturar lo mejor que la vida ofrece
y exprimir cada gota del viaje.

Es cuando la vida entera se convierte
en un campo fértil para nuestros sueños,
fantasías e imaginación,
y con nuestras antenas al máximo,
alcanzamos un estado noble y elevado—
hipersensibles a todo lo que vale la pena.

Cuando estamos inspirados,
no hay cargas ni lastres ni pesadez,
y todo se vuelve ligero, brillante y acogedor.
Todo parece fluir sin esfuerzo.

La voluntad mueve montañas,
pero la inspiración las recrea.

Por eso la inspiración vuelve ordinaria a la voluntad,
supera a la pasión y la convicción,
y reduce la autoconfianza a una mera herramienta.

A veces, la inspiración nos golpea como un rayo.
Para algunos, es simplemente un estado,

una condición de sublime deseo.

A veces, estar inspirado

es ser movido por el cielo y guiado por ángeles.

Para otros, es ser impulsado por el alma

y avivado por el espíritu,

pero la inspiración siempre se sintoniza

y se afina en nuestros corazones.

Cuando estamos inspirados,

inventamos,

creamos,

diseñamos,

construimos,

esculpimos,

resolvemos,

visualizamos,

prevemos,

exploramos,

estudiamos,

rezamos,

amamos,

intentamos una y otra vez,

damos,

hacemos,

y vivimos en plenitud.

La inspiración es la esencia de los hechiceros,

los magos de la vida que flotan en su corriente.

Estar inspirado,

vivir una vida inspirada

y ser una persona inspirada

es ser continua y felizmente dichoso.

Un tipo de felicidad

donde estamos siempre agradecidos con la vida.

Un tipo de felicidad

que nos impulsa a retribuir.

Un tipo de felicidad inspirada

que nunca desaparece.

*

—Erasmus, haz balance de tu vida y reconoce cuán afortunado eres. Has crecido rodeado de amor. Justo ante ti tienes un mundo alineado con tus pasiones, un mundo en el que has estado inmerso desde una edad temprana. Y ahora, para colmo, se ha abierto ante ti este extraordinario horizonte en Oxford, una de las mejores instituciones académicas del mundo. No te pongas en tu propio camino. Este es tu momento para extender las alas y volar. Aprovecha la oportunidad.

Toma lo que la vida te ofrece con firmeza, enfrentando lo que te inquieta desde dentro. Persíguelo con todo tu corazón. Al mismo tiempo, permanece agradecido y saborea cada momento, especialmente aquellos que logras con tu esfuerzo —dice el señor N., sus palabras rebosantes de aliento.

Continúa:

—Estar inspirado es un estado, una condición impulsada por la gracia y la nobleza, nacida de un deseo sublime y arrollador de vivir, crear y encontrar alegría. La inspiración armoniza todos tus dones, convirtiéndolos en una fuerza altamente funcional que te permite dar lo mejor de ti. Erasmus, persigue la inspiración en tu vida, porque te brindará una felicidad continua.

Más tarde, esa noche, mientras camino de regreso a casa, siento la vida fluyendo a través de mí, cada respiración llenando mis pulmones con energía renovada. Lentamente, mi paso y mi postura cambian, y la tensión en mi rostro comienza a disiparse. Para cuando entro en mi casa, un millar de pensamientos han encajado en su lugar.

Mi madre lo nota de inmediato. Por primera vez en semanas, mi rostro muestra una sonrisa amplia, y mis ojos reflejan una determinación firme y resuelta.

—◆—

El profesor Cromwell-Smith hace una pausa por un momento, su mirada distante, como si todavía estuviera de pie frente al señor Newton-Paine en aquella librería. Poco a poco, su atención regresa y observa el gran auditorio.

Recorre con la vista el mar de rostros, cuyas expresiones oscilan entre la curiosidad y la contemplación silenciosa. La sala se siente cargada de una energía colectiva, como si sus mentes viajaran junto a su historia, cada estudiante descubriendo su propio significado dentro de la lección.

—Y así —dice, con voz firme pero impregnada de emoción—, fue como entendí que la inspiración no es solo algo que buscamos, sino algo que debemos cultivar. Vivir una vida inspirada es vivir plenamente, abrazar la alegría de crear y el privilegio de simplemente estar vivo.

Mientras el profesor vuelve por completo al presente, su mirada recorre la sala, deteniéndose brevemente en cada estudiante. Sus rostros reflejan una mezcla de contemplación y asombro silencioso; las palabras del poema claramente resuenan en su interior.

Una mano se alza en el centro del auditorio.

—Sí, adelante.

La mano pertenece a David, un estudiante de filosofía conocido por su enfoque profundo y analítico de los conceptos abstractos. Su voz es reflexiva cuando pregunta:

—Profesor, en el poema se dice: "La inspiración vuelve ordinaria a la voluntad, supera a la pasión y la convicción y reduce la autoconfianza a una mera herramienta." ¿Cómo puede la inspiración superar fuerzas tan poderosas? ¿Acaso la autoconfianza no es fundamental para el éxito?

—Una observación fascinante, David —responde el profesor—. La autoconfianza es, sin duda, esencial, pero es finita: se nutre de nuestras experiencias personales y logros. La inspiración, en cambio, trasciende esos límites. Nos conecta con algo mucho más grande que nosotros mismos, alimentándonos con una creatividad y una energía inagotables. Mientras que la autoconfianza nos ayuda a escalar una montaña, la inspiración nos permite imaginar paisajes completamente nuevos y trazar caminos que nadie ha recorrido antes. Hace que lo imposible no solo parezca alcanzable, sino inevitable.

David asiente, visiblemente reflexionando sobre la distinción.

Otra mano se alza en la primera fila.

—Sí, adelante.

Esta vez, es Lila, una estudiante de arte con una inclinación por explorar la intersección entre creatividad y emoción. Su voz tiene una intensidad serena cuando pregunta:

—Profesor, el poema describe la inspiración como algo que "se afina y se perfecciona en nuestros corazones." ¿Significa esto que la inspiración es puramente emocional, o hay también un componente intelectual en ella?

—Una excelente pregunta, Lila —responde el profesor—. La inspiración es una armonía entre emoción e intelecto. La emoción proporciona la chispa: la pasión y el impulso de crear. Pero el intelecto da forma a esa chispa, convirtiéndola en algo tangible, algo que puede ser compartido y apreciado por los demás. Juntos, crean un ciclo de descubrimiento y expresión que alimenta una vida inspirada.

Lila sonríe, su lápiz moviéndose rápidamente mientras anota sus reflexiones.

Una última mano se alza en la parte trasera.

—Sí, al fondo.

La mano pertenece a Robert, un estudiante de ingeniería que suele relacionar los conceptos abstractos con aplicaciones prácticas. Su voz es directa pero curiosa cuando pregunta:

—Profesor, mencionó que la inspiración puede golpear como un rayo, pero también puede ser un estado del ser. ¿Cómo podemos mantener la inspiración en nuestra vida cotidiana?

—Una pregunta perspicaz, Robert —responde el profesor con una sonrisa—. Mantener la inspiración requiere cultivar un entorno que la nutra. Esto significa rodearse de personas, experiencias y actividades que estén alineadas con nuestras pasiones y valores. También implica mantener un sentido de gratitud y curiosidad—dos fuerzas poderosas que mantienen nuestros corazones y mentes abiertas a la inspiración. Mientras que los destellos de inspiración son emocionantes, la forma más silenciosa y constante de inspiración es la que nos permite vivir una vida inspirada día tras día.

Robert asiente, su expresión reflexiva mientras el profesor observa el auditorio, su mirada posándose en los rostros de sus estudiantes.

—Y con esto, terminamos por hoy —declara el profesor Cromwell-Smith con voz cálida y firme.

El gran auditorio está lleno de expresiones soñadoras. La mayoría de los asistentes parecen estar en otro lugar, viajando a sitios lejanos dentro de sí mismos. Mientras el profesor los observa salir, suspira con profunda satisfacción.

Nota los gestos involuntarios y reflejos de la multitud que se va—muchos, si no todos, continúan respirando hondo, saboreando cada inhalación como si estuvieran degustando lo que realmente significa estar inspirados.

Después de todo, la inspiración existe, reflexiona, mientras recoge sus pertenencias y se dirige a la puerta, su propio corazón más ligero con la certeza de que la lección de hoy ha calado hondo.

Capítulo 9

Dejando atrás al pasado

El profesor Cromwell-Smith despierta esta mañana con un dolor de cabeza cegador. Comenzó la noche anterior y persistió durante toda la madrugada. Sin embargo, no hay tiempo que perder.

—Vive cada día como si fuera el último —se recuerda a sí mismo.

Mientras pedalea con paso firme por las calles desiertas, el dolor comienza a disiparse poco a poco, y la claridad se asienta en su mente. Al llegar al campus, desmonta de su bicicleta con cuidado deliberado, tomándose un momento para ordenar sus pensamientos. Cuando entra al auditorio, el murmullo creciente de los estudiantes le llena de propósito.

Se adentra en la sala, deja su desgastado maletín de cuero sobre el escritorio y recorre el auditorio con la mirada.

—Clase —comienza, con un tono firme pero reflexivo—, hoy los llevaré a un momento en el tiempo en el que aprendí a usar el poder del presente como una herramienta fundamental para superar los rencores.

Su mirada se pierde por un instante, como si sus ojos se tendieran a través de las décadas.

—Déjenme llevarlos de regreso —continúa, su voz más suave ahora—, a un tiempo en el que volví a casa en busca de respuestas y terminé buscando la sabiduría de una querida mentora.

— ✦ —

En mi segunda visita a casa, siento un fuerte impulso de buscar las palabras de amor y sabiduría de la señora V. Con gran inquietud, camino directamente desde la estación de tren hasta su tienda. En cuanto entro, maleta en mano, ella me observa y sonríe con calidez. Sin dudarlo, da pasos rápidos y cortos hacia mí y me abraza con fuerza contra su pecho. Por primera vez en semanas, me siento seguro y protegido. Mientras comienzo a relajarme en sus brazos, sus ojos agudos e inquisitivos ya han percibido que algo no anda bien.

—Mi querido niño, ¿qué te ha traído aquí antes de ir a casa? ¿Qué te preocupa? —pregunta.

—Señora V., ¿cómo se supera el resentimiento?

—¿Estás guardando rencores, joven estudiante de Oxford?

—No yo, pero un par de compañeros sí, contra mí —respondo.

—¿Por qué?

—Las tradiciones de Oxford en un caso. Una chica en otro.

—Bueno, no puedes controlar lo que sienten los demás ni cómo se comportan. Cada persona escribe las páginas de su vida, día a día, con tinta indeleble en un libro que es enteramente suyo. Pero tengo aquí algo que ilustra de manera contundente la futilidad de aferrarse al pasado y la incapacidad de avanzar.

Se gira, escanea una estantería cercana y extrae un libro delgado en tonos grises y blancos con los bordes de las páginas recubiertos de oro. Lo abre en una sección específica y lo coloca en mis manos, dejándome leer.

El pasado y el futuro

La sabiduría convencional dice que,

cuando haces algo malo,

tarde o temprano, el pasado te alcanza

y te exige rendir cuentas.

Pero también existe

una verdad no dicha:

cuando no actuamos en el presente,

cuando descuidamos el poder del ahora,

no solo estamos postergando una acción,

sino que estamos aplazando la vida misma.

Y el futuro, inevitablemente,

también nos alcanzará.

Y cuando lo haga,

quizás no nos guste lo que veamos,

porque no nos pertenecerá.

No lo construimos.

No lo creamos.

No será nuestro,

y aun así, nos poseerá.

Por eso debemos preguntarnos:

¿estamos postergando la vida?

¿Seguimos empujándola hacia adelante?

El futuro se acerca—

está justo a la vuelta de la esquina—

y cuando finalmente llegue,

podríamos encontrarnos atrapados en él.

Pero si comenzamos a construir nuestro futuro

día a día—¡ahora! —

podremos tomar posesión de él.

Solo entonces,

el futuro será verdaderamente nuestro.

*

—Señora V., ¿cuál es la diferencia entre que el pasado y el futuro te alcancen? —pregunto.

—Uno te alcanza por lo que hiciste, el otro por lo que dejaste de hacer —responde.

—Erasmus, debes atesorar y aprender de tu pasado, pero nunca ser su esclavo. Demasiadas personas viven 'por siempre jamás' consumidas por cosas que ya no existen, atrapadas en los tortuosos, masoquistas y estrechos, muy estrechos pasillos y laberintos de sus mentes —aconseja la señora V.

Continúa, animada:

—¡Debes vivir ahora! No te saltes un solo día. No postergues para mañana lo que puedes hacer hoy, pero hazlo libre de las fantasías negativas que dejó el pasado.

Reflexiono por un momento y luego pregunto:

—¿Pero ¿qué pasa si seguir adelante no es suficiente para curar un rencor?

—Mi joven inquisidor —dice con una sonrisa llena de sabiduría—, tengo aquí el mejor antídoto para los pensamientos maliciosos, un espíritu envenenado y un corazón lleno de ira. Lee esto, mi querido niño…

Me hace un gesto hacia el libro abierto en mis manos, cuyas páginas doradas relucen a la luz, invitándome a descubrir su sabiduría.

Alcanza a la vida

Ofrece una mano.

Comparte un sueño.

Únete en la esperanza.

Reza por los demás.

Brinda un favor.

Da un beso.

Acoge y braza a los demás.

Enseña a quienes lo necesitan.

Aprende de los sabios.

No tomes nada.

Perdona siempre.

Apóyate en la fuerza de la verdad.

Ama con pasión.

Recuerda a tus amigos.

Practica el poder de la humildad.

Ilumina y da un buen ejemplo a los demás.

Espera con gracia y paciencia.

Regala con sinceridad.

Recibe con gratitud.

Vive junto a otros.

Confía tu corazón a alguien más.

Extiende la mano—Alcanza a la vida,

no dejes que siga sin ti.

*

—¿Entonces se trata solo de dar? —pregunto.

—Para curar un espíritu envenenado y un corazón airado atrapado en el pasado, ¡absolutamente sí! —responde con convicción la señora V.

—Mi precioso aprendiz, guardar rencores te mantiene atrapado en bucles interminables de dolor, encadenado al pasado. Cuando das, debes hacerlo a pesar del comportamiento de los demás. Eso hace que tus actos no solo sean genuinos, sino que también te liberan. Tus acciones se vuelven independientes, sin estar condicionadas por cómo los demás responden a ti.

—— ✤ ——

El profesor Cromwell-Smith concluye su relato, y el aula parece suspendida en el tiempo. El leve rasguño de los bolígrafos y lápices cesa, y un silencio atento llena el espacio.

Cierra los ojos por un momento, respirando hondo para regresar al presente. Al abrirlos, recorre la sala con la mirada, observando la intensidad silenciosa reflejada en los rostros de sus estudiantes.

—Dejar ir el pasado no es solo un acto de perdón —dice, con voz firme y deliberada—, sino una forma profunda de recuperar el presente y moldear el futuro.

El peso de sus palabras se asienta sobre la clase, creando un momento de entendimiento compartido entre maestro y alumnos.

El profesor Cromwell-Smith observa el aula, y su expresión se suaviza al notar la reflexión en los rostros de sus estudiantes.

—Recuerden esto: cuando extienden la mano—cuando dan incondicionalmente—no solo sanan a los demás, sino que también se liberan a sí mismos.

El aula permanece en un silencio contemplativo mientras el profesor estudia los rostros atentos que tiene delante. Se toma un instante para ajustarse las gafas y se inclina ligeramente hacia adelante, con un tono invitante pero reflexivo.

—Me encantaría escuchar sus pensamientos o preguntas sobre los poemas de hoy. ¿Qué les ha resonado? ¿Qué ha despertado su curiosidad? —pregunta, recorriendo el auditorio con la mirada.

Una mano se alza en la segunda fila.

—Sí, adelante.

La mano pertenece a Emma, una estudiante de ciencias políticas conocida por su enfoque pragmático ante temas complejos. Su voz es serena pero inquisitiva al preguntar:

—Profesor, en el poema *El Pasado y el Futuro*, se habla de 'posponer la vida'. ¿Cómo podemos saber si estamos postergando algo importante o simplemente esperando el momento adecuado?

—Excelente pregunta, Emma —responde el profesor—. La diferencia radica en la intención. Postergar algo importante suele nacer del miedo, la procrastinación o la indecisión, mientras que esperar el momento adecuado es un acto deliberado de paciencia. Para saber la diferencia, pregúntate: '¿Estoy dando pasos, aunque sean pequeños, hacia lo que quiero? ¿O estoy quieto, esperando que el problema se resuelva solo?' Si es lo segundo, puede que estés posponiendo la vida.

Emma asiente, visiblemente considerando la distinción.

Otra mano se levanta desde el fondo del auditorio.

—Sí, en el fondo.

La mano pertenece a Maya, una estudiante de psicología especializada en resiliencia emocional. Su tono es reflexivo, pero profundamente curioso al preguntar:

—Profesor, el poema *Alcanza a la Vida* enfatiza el acto de dar como una cura para la ira y el resentimiento. ¿Pero qué pasa si el acto de dar se siente vacío? ¿Y si no nos hace sentir mejor?

—Un punto importante, Maya —responde el profesor—. Cuando dar se siente vacío, suele ser porque nos estamos enfocando en la reacción o el reconocimiento que esperamos recibir. El acto de dar debe ser incondicional, libre de expectativas. La liberación no proviene dc la respuesta de los demás, sino del acto mismo. A veces, la sensación de libertad es sutil y crece con el tiempo, a medida que continuamos dando con sinceridad y humildad.

Maya asiente lentamente, con el ceño fruncido en reflexión mientras anota la respuesta en su cuaderno.

Una mano se alza en la primera fila.

—Sí, adelante.

La mano pertenece a Carlos, un estudiante de economía con gran interés en la intersección entre las relaciones humanas y el éxito. Su voz es firme pero introspectiva al preguntar:

—Profesor, en *El Pasado y el Futuro* se dice: 'Cuando no actuamos en el presente, no solo estamos postergando una acción—estamos posponiendo la vida misma'. ¿Cómo reconciliamos esto con la idea de que algunas acciones requieren tiempo para planificarse y ejecutarse?

—Una pregunta perspicaz, Carlos —responde el profesor—. La planificación es una parte esencial de toda acción significativa, pero planear sin ejecutar es donde radica el peligro. Incluso los pasos más pequeños hacia una meta aseguran que vivas en el presente mientras construyes el futuro. La vida no se trata de apresurarse a actuar, sino de asegurarte de que siempre estés avanzando, aunque sea lentamente.

Carlos se recuesta en su asiento, su expresión reflexiva mientras las palabras del profesor resuenan en su interior.

— �֎ —

La clase del profesor Cromwell-Smith sigue creciendo y, a partir de hoy, han sido trasladados a un auditorio aún más grande, ahora designado como su aula permanente.

Mientras los estudiantes comienzan a salir, muchos notan que su profesor luce inusualmente frágil y cansado. Desde detrás de su escritorio, los despide con un gesto de la mano, algo que no es propio de él, pues suele ponerse de pie y conversar con ellos mientras se marchan. Algunos miran hacia atrás, con expresiones que mezclan gratitud y preocupación sutil, dándose cuenta de que no parece estar bien.

A pesar de mantener la compostura hasta que el último estudiante se retira, es evidente que está luchando.

Cuando el silencio del auditorio vacío lo envuelve, ofreciéndole un respiro tras la lección del día, finalmente se deja caer, desplomándose sobre su escritorio.

El sonido sordo de su cabeza golpeando la superficie resuena por un breve instante, el último eco en llenar el vasto salón antes de que todo quede en absoluta quietud.

Capítulo 10

El triunfo y la autosuficiencia sana

Han pasado dos semanas desde que el profesor Cromwell-Smith fue llevado de urgencia al hospital, encontrado inconsciente por un diligente guardia de seguridad nocturno. Su cabeza ahora afeitada, su tez cenicienta y las sombras oscuras bajo sus ojos confirman los rumores que circulan entre los estudiantes y el profesorado.

Mientras se acerca a las puertas del campus, el aire fresco de la mañana llena sus pulmones, despejando el cansancio persistente de su cuerpo. Cada pedaleada es deliberada, un recordatorio de la resiliencia que ha construido a lo largo de los años. Cuando finalmente llega al edificio de la facultad, desmonta, ajusta su bufanda y entra, recibido por el cálido aplauso de sus estudiantes.

Sí, piensa mientras se enfrenta a una ovación de pie. El secreto ha salido a la luz.

Los rostros que ve entre la multitud reflejan una mezcla de apoyo, respeto, alivio y alegría por verlo de vuelta en acción. *Todo el mundo sabe que estás enfermo*, se reprende en silencio.

De pie ante el abarrotado auditorio, el profesor se toma un momento para absorber la energía del público.

—Gracias, gracias a todos… Por favor, tomen asiento —dice, con la voz firme a pesar de la ligera huella de agotamiento.

Espera mientras los estudiantes se acomodan, su atención renovando su determinación de ofrecer una lección que valga la pena recordar.

Entre la multitud, una joven de cabello rubio y rizado duda antes de sentarse en la parte trasera de la sala. Se siente ambivalente, atrapada en el hechizo de la historia del profesor, cayendo en una madriguera de la que no puede escapar, pero de la que tampoco quiere salir.

—Hoy —comienza el profesor, con un tono suave pero deliberado—, les hablaré de una etapa de mi vida en la que empecé a practicar deportes competitivos y enfrenté por primera vez la cultura de ganar y perder. Nunca imaginé que esas lecciones me ayudarían a afrontar los desafíos que ahora enfrento. Y todo comenzó así…

—❖—

—¿Seguirá abierto o no? —me pregunto repetidamente mientras viajo en el tren vespertino de regreso a casa.

Una hora después, al cruzar la frontera entre Inglaterra y Gales, murmuro en voz baja sobre el dilema que me ha consumido durante los últimos días.

—¿Remo o rugby, o ninguno de los dos?

Esas son mis opciones. Más tarde, mientras camino por las calles vacías de mi ciudad natal, razono que, habiéndome criado en el mundo de los libros, la adrenalina y el deseo de competir me resultan ajenos. Necesito desesperadamente la sabiduría de mi intrépido héroe de guerra.

Por eso, lo primero que hago al llegar en esta breve visita desde Oxford es dirigirme directamente a su tienda. Una oleada de inmenso alivio me invade cuando doblo la esquina y veo las luces encendidas dentro de su establecimiento, las únicas iluminadas en ambos lados de la calle. Conociendo sus hábitos desde hace años, he adivinado correctamente que aún estaría abierto.

—Señor Newton, qué alegría verlo —digo, sonriendo.

—Ven aquí, querido muchacho, déjame darte un abrazo.

Se levanta con cierta dificultad, y noto cómo se balancea al caminar hacia mí.

—Me caí hace unas semanas —dice rápidamente, anticipándose a mi pregunta, mientras levanta un elegante bastón de madera pulida para mostrármelo—. Ahora que ves cómo nuestras facultades físicas son efímeras, incluso para los antiguos atletas talentosos como yo, dime, ¿qué te trae aquí a estas horas? Seguro que hay una razón importante.

—Señor N., no sé si tengo lo que se necesita para competir. En Oxford, la competencia está en todas partes, es inevitable. Pero no tengo ese fuego interno por ella. No veo el sentido ni la emoción en absoluto, y me preocupa que eso me lleve al fracaso.

Newton-Paine sonríe ampliamente, reconociendo al instante que existe una prescripción literaria para su aprendiz.

—Ven, ayúdame —dice, haciéndome señas para que lo siga.

Caminamos juntos hasta situarnos frente a una caja de cristal de dos por dos, que contiene un libro enorme que, a través del vidrio de seguridad, parece antiguo.

El señor N. introduce un código y la puerta se abre.

—Erasmus, por favor, desliza con cuidado el libro tirando de la pequeña alfombra debajo de él —me instruye, guiándome paso a paso.

Sigo sus indicaciones y, una vez que el libro está fuera, él lo abre con delicadeza, usando la cuerda del marcador para pasar a la página exacta que tenía en mente.

—Mi renuente competidor —dice con una cálida sonrisa—, este viejo y valioso libro contiene la sabiduría que buscas. Déjame leértelo…

Triunfar no es para los pusilánimes de corazón

El camino hacia la victoria es un juego de supervivencia.

Es guerra.

Te visualizas a ti mismo como un gladiador en la arena,

un sigiloso guerrero ninja dispuesto a atacar en las sombras,

un torero enfrentando la furia de la bestia.

Te ves a ti mismo eligiendo entre triunfar y perder

como si fueran vida o muerte.

Triunfas cuando lo deseas tan intensamente

que quema por dentro.

Triunfas cuando lo deseas mucho más

que tu oponente.

Triunfas cuando tu mentalidad declara que nada,

excepto tus valores,

puede apartarte de alcanzar el éxito.

Triunfas cuando tu único propósito

es derrotar a tus oponentes.

Triunfas aprovechando tus fortalezas

y explotando las debilidades de tus adversarios

o simplemente trabajando más que ellos.

Triunfas cuando, deliberadamente y en silencio,

te esfuerzas por captar cada una

de las fortalezas y virtudes de tu oponente.

Triunfas cuando, en los ojos de tu oponente,

eres feroz y firme

en tu plan de juego y ejecución,

y, sin embargo, adaptas y ajustas discretamente

en un abrir y cerrar de ojos.

Triunfas cuando, en preparación para un concurso,

te acercas a cada tarea con visión de túnel

y una resolución tan firme

que nada ni nadie puede

impedirte completarla,

porque 'el arte de triunfar' solo se puede dominar

pagando todos los derechos y 'quemando todas las velas.'

Prepararse para estar listo para triunfar es un largo camino

que debe recorrerse en su totalidad.

Triunfas cuando estás un paso adelante

de tu oponente

y aun así te preguntas, ¿puedo hacerlo mejor?

Triunfas cuando, imperturbable,

sigues volviendo

una y otra vez a golpear la misma puerta

que antes te habían cerrado en la cara.

Triunfas cuando un 'no' no es nada

más que una invitación para intentarlo de nuevo,

Triunfas cuando eres total e irreversiblemente impermeable

a la palabra 'rechazo.'

Triunfas cuando sabes cómo buscar,

tomar consejos y aprender de aquellos

que saben cómo triunfar.

Triunfas cuando asumes el mejor lado

de tu ego y lo haces

tu amigo, tu aliado y tu arma,

porque, a diferencia de la superficialidad

y el narcisismo de la arrogancia,

la autoconfianza proviene

del conocimiento y la experiencia,

y es, por lo tanto, inquebrantable.

Triunfas cuando, a través de la disciplina y la perseverancia,

adquieres el conocimiento y la experiencia

que te proporcionan la autoconfianza necesaria

para dominar aquello en lo que quieras ser el mejor.

Triunfas cuando puedes usar tu ira

como fuente de fuerza,

cuando transformas tu rabia

en un ardiente e imparable deseo

y cuando sacas de tu 'pozo de voluntad,'

el fuego y la furia necesarios para triunfar.

Solo triunfas cuando has soportado

innumerables pérdidas, derrotas, tropiezos, errores y

contratiempos—

cuanto peores han sido,

mejor preparado estarás para triunfar en el futuro.

Pero para un camino hacia la victoria,

uno debe dominar y domar sus propios demonios.

Uno debe "restringir" a un elenco único de personajes libres

que habitan los reinos de nuestra mente y espíritu.

Por eso, para triunfar, debemos

conquistar nuestras propias montañas,

derribar nuestros propios muros,

vencer ejércitos enemigos,

aniquilar a los pesimistas,

ridiculizar a los escépticos,

hacer callar a los excusadores y detractores,

exiliar a los flojos.

Calmar a los miedosos, haciéndolos nuestros aliados.

Convertir a los dudosos en charlatanes.

Y debemos hacerlo todo

dentro de los confines de nosotros mismos,

como lo hacemos cuando estamos en batalla.

A veces, triunfar exige seguir tus instintos—

tu intuición, tus mejores fibras,

tu naturaleza primitiva, atávica, indomable,

todo agitado, no revuelto

En un cóctel de pasión pura.

A veces, triunfar requiere que sigas tu cerebro,

tu pensamiento racional,

tus planes de batalla, estrategia y lógica.

¡A menudo, necesitas ambos!

Aunque, en cualquier domingo dado,

en el juego de triunfar,

¡la pasión generalmente vence a la razón!

Triunfas cuando compartes y saboreas

el botín de la victoria.

Triunfas cuando vives, aprecias y valoras
el viaje hacia la victoria.

Triunfas cuando la victoria saca lo mejor de ti,
triunfas cuando te hace más fuerte y mejor,
cuando triunfas, celebras la vida.

Pero, sobre todo,
triunfas cuando no te dejas engañar por la victoria,
sino, por el contrario,
siempre la mantienes en su lugar adecuado,
porque triunfar,
aunque es un componente esencial de la vida,
es solo un 'juego de la vida.'
No es existencial ni sagrado
sino mundano y pasajero.
No es amor ni amistad, ni verdad ni fe,
ni virtud ni valores,
sino solo un detonador de 'fuerza de voluntad y temple,'
una prueba digna de la intensidad
con la que vives tu vida.

Pero triunfar no es para los de corazón débil,
pues requiere coraje y fuerza.

Triunfar es para aquellos que desafían la vida

con sus corazones,

para quienes vivir una vida plena inexorablemente abraza

triunfar como una parte intrínseca de la ecuación,

para exprimir de la vida la sublime pasión de la victoria.

*

—Entonces, señor N., ¿no siempre gano contra un oponente? —pregunto.

—Exactamente —responde—. Los seres humanos no siempre son el adversario. La vida está llena de obstáculos, dificultades e incluso tragedias, algunas aparentemente insuperables, que solo la actitud de un ganador puede vencer.

—En pocas palabras, me está diciendo que necesito saber ganar para poder sortear los peligros de la vida —digo.

—Correcto, mi muchacho. Necesitas un deseo indomable de triunfar. Pero, mi joven aprendiz, este libro del siglo XX tiene un regalo adicional: una sabiduría aún mayor para convertirte en un hacedor, un creador y un guerrero de la vida en toda su plenitud.

El señor N. separa con cuidado las páginas del libro, ajustando la segunda cinta de marcado hasta la página exacta que tiene en mente. Su expresión se vuelve aún más resuelta, y su voz adquiere una profundidad solemne, cargada de convicción.

Con un brillo especial en los ojos y un aire de determinación, respira hondo antes de continuar. Su tono es ahora más intenso, como si las palabras que está a punto de leer contuvieran una verdad fundamental que debía ser transmitida con la mayor claridad posible.

Y así, con un temple inquebrantable, comienza a leer, infundiendo cada palabra con la fuerza de su propia experiencia y la certeza de un hombre que ha enfrentado y superado innumerables batallas en la vida.

La autosuficiencia sana

La autosuficiencia sana es la práctica y la encarnación

de la autoafirmación.

Es asumir la responsabilidad, en primer lugar, ante uno mismo.

Es la toma de conciencia de que debo depender de mí mismo

antes que de cualquier otra persona o cosa.

Aunque por amor, generosidad, imperativo moral

—o una combinación de estos—,

pueda anteponer a otros en mis empeños en la vida.

Sin embargo, cuando se trata de dependencia,

dependo primero y ante todo de mí mismo.

Antes de depender de los demás,

jamás debo esperar,

contar o confiar en que otros actúen en mi lugar.

Porque lo que está destinado a mí,

lo que solo yo puedo hacer,

lo que únicamente yo debo hacer,

debe ser realizado por mí mismo.

Además, dependo de mí mismo y de lo que creo,

por encima y al margen de lo que crean los demás.

Porque confío primero en mí mismo,

permanezco inmune a las opiniones

y a la influencia de otros.

Dependo de mí mismo a pesar de las normas sociales.

Confío en mis instintos y presentimientos,

no para sustituir,

sino para preceder cualquier norma, regla o ley externa.

Al confiar en mí mismo,

rompo las cadenas del conformismo,

de la indoctrinación

o de la pérdida de mi individualidad.

La autosuficiencia establece mi identidad,

mi carácter, mi personalidad;

en otras palabras, mi verdadero yo.

La autosuficiencia es la esencia de mi independencia

y la semilla de mi autoestima,

mi respeto propio y mi dignidad.

Si soy capaz de gobernarme a mí mismo,

sin una ayuda indebida o una influencia desmesurada,

entonces habré ganado todo lo anterior.

Dependeré de mí mismo,

si pienso, siento y actúo con integridad,

sin impulsividad,

y en alineación con mis valores espirituales,

morales y familiares.

Confío en mí mismo porque creo en mis capacidades,

y esa creencia fomenta la confianza necesaria

para enfrentar la vida como mi auténtico yo,

fiel a mi identidad

y equipado con todas mis habilidades y talentos.

*

—Joven Erasmus, no esperes ni desees que nada te sea entregado fácilmente en la vida. Solo aférrate con firmeza a la creencia de que debes ganártelo —sentencia el señor N. con solemnidad.

—¿Quieres decir que preocuparme y tener empatía por los demás es algo en lo que puedo volcar mi corazón, pero cuyos cimientos solo podrán provenir de mi propia autoconfianza? —pregunto, buscando clarificación.

—Exactamente, mi muchacho, exactamente. La autosuficiencia y el individualismo suelen confundirse con el egoísmo. En realidad, las personas autosuficientes, aun cuando dependen primero de sí mismas, pueden estar plenamente dedicadas a ayudar a quienes lo necesitan. La autosuficiencia—depender de uno mismo—no es en absoluto incompatible con el acto de dar —concluye el señor N. con una sonrisa cargada de sabiduría.

Observo al piloto de la Segunda Guerra Mundial durante un largo rato, asimilando el poder y la sabiduría de lo que ha compartido conmigo hoy.

El tiempo en Oxford no solo es intenso, formativo e inolvidable—también transcurre a una velocidad vertiginosa. Demasiado pronto, me gradúo con honores y, poco después, me encuentro en camino hacia América con dos viejas maletas y la cabeza llena de sueños.

Me dirijo a la "tierra de las oportunidades" para completar mis estudios de posgrado, con la meta de obtener un máster en Harvard.

— ✣ —

El tono del profesor Cromwell-Smith se suaviza mientras su historia llega a su fin.

—Y así, las lecciones que aprendí durante aquellos días de competencia han permanecido conmigo, enseñándome a valorar la resiliencia, la autosuficiencia y la voluntad de ganar—no solo contra otros, sino sobre los obstáculos de la vida.

Hace una pausa, permitiendo que el peso de sus palabras se asiente en la sala antes de regresar al presente. Su voz es débil y ronca mientras concluye la clase.

Cierra los ojos brevemente, inspirando profundo y pausadamente antes de abrirlos de nuevo, encontrándose con la intensidad silenciosa en las miradas de sus estudiantes.

—Ahora —dice, su tono calmado pero resuelto—, quiero escuchar vuestras reflexiones.

Una mano se alza en la fila del medio.

—Sí, adelante.

La mano pertenece a Alice, una estudiante de negocios conocida por su naturaleza ambiciosa. Su voz es segura pero curiosa cuando pregunta:

—Profesor, en el poema *Triunfar no es para los pusilánimes de corazón*, se menciona "domar y aprovechar los propios demonios." ¿Cómo podemos identificarlos y empezar a controlarlos?

—Excelente pregunta, Alice —responde el profesor—. Nuestros demonios suelen ser nuestros miedos, inseguridades y conflictos sin resolver. Identificarlos requiere introspección y honestidad: preguntarse qué es lo que nos detiene o nos llena de dudas. Domarlos comienza al reconocer su existencia, comprender su origen y canalizar esa energía hacia la acción productiva. No se trata de eliminarlos, sino de utilizarlos como combustible para impulsarnos hacia adelante.

Alice asiente, visiblemente impresionada por la profundidad de la respuesta.

Otra mano se levanta en la primera fila.

—Sí, adelante.

La mano pertenece a Mark, un estudiante de ingeniería con gran interés en la resiliencia. Su tono es reflexivo pero directo cuando pregunta:

—Profesor, el poema *Autoconfianza* habla de independencia de las normas sociales. ¿Cómo equilibramos esto con la necesidad de trabajar dentro de sistemas y estructuras que a menudo exigen conformidad?

—Un punto importante, Mark —responde el profesor—. La autosuficiencia no significa rechazar los sistemas por completo; significa abordarlos con discernimiento. Alinea tus acciones con tus valores y usa el sistema como una herramienta en lugar de permitir que te defina. Si te mantienes fiel a tus principios, puedes navegar dentro de las estructuras sin perder tu individualidad.

Mark se recuesta en su asiento, su expresión contemplativa al considerar la respuesta del profesor.

Una mano se alza en la última fila.

—Sí, al fondo.

La mano pertenece a Brittany, una estudiante de psicología fascinada por la motivación. Su voz es firme pero introspectiva cuando pregunta:

—Profesor, en *Triunfar no es para los pusilánimes de corazón*, se dice: "La pasión generalmente supera al intelecto." ¿Cómo podemos cultivar la clase de pasión que impulsa el éxito?

—Una pregunta perspicaz, Brittany —responde el profesor—. La pasión surge de una conexión genuina con lo que hacemos. Requiere exploración y persistencia: encontrar lo que nos entusiasma y comprometernos con ello de todo corazón. La pasión es contagiosa y se refuerza a sí misma, creciendo con el tiempo a medida que invertimos esfuerzo y dedicación en nuestras aspiraciones.

Brittany asiente lentamente, su ceño fruncido en concentración.

Una mano se alza en el centro del auditorio.

—Sí, adelante.

La mano pertenece a Aaron, un estudiante de filosofía conocido por sus preguntas introspectivas. Su voz es calmada pero inquisitiva cuando dice:

—Pero profesor, yo dependo de los demás todo el tiempo.

—Por supuesto que sí, Aaron —responde el profesor, su voz suave pero firme—. Todos dependemos de otros; es parte de ser humanos y de vivir en un mundo interconectado. Pero el fundamento de esa dependencia debe ser tu propia autoconfianza. Cuando confías primero en ti mismo, tus relaciones y colaboraciones se fortalecen porque se construyen sobre el respeto mutuo y la independencia, en lugar de la necesidad. Asegúrate siempre de que tu fortaleza provenga de dentro, para que cuando te apoyes en otros, sea por elección, no por obligación.

Aaron asiente lentamente, dejando que las palabras del profesor resuenen dentro de él.

El profesor deja que sus palabras se asienten en el aire, dotándolas de peso, antes de despedir a sus alumnos hasta la semana siguiente.

—Recordad, el aprendizaje no termina cuando la clase finaliza. Seguid haciendo preguntas y manteneos curiosos. ¡Que tengáis un buen día! Nos vemos la próxima semana.

Los estudiantes comienzan a salir del aula, sus rostros reflexivos, cargando con ellos el peso de las palabras del profesor. Un par de alumnos se quedan atrás, su preocupación por él es silenciosa pero evidente en sus gestos discretos.

Lo observan mientras recoge sus pertenencias, sus movimientos lentos pero deliberados. Sin decir palabra, caminan a su lado, ofreciéndole su compañía en silencio mientras lo acompañan hasta su bicicleta.

Cuando se sube a la vieja bicicleta, tambaleándose ligeramente y luchando por mantener el equilibrio, intercambian miradas, cada uno con el mismo pensamiento no expresado:

¿Cuánto más podrá aguantar?

Capítulo 11

La importancia de los pequeños detalles en la vida

El profesor Cromwell-Smith se siente mucho mejor hoy. Su agresivo tumor está disminuyendo, un milagro posible gracias a un tratamiento de vanguardia que una vez salvó la vida de un expresidente de los Estados Unidos.

—Trata cada día como si fuera el último —se recuerda a sí mismo una vez más, mientras pedalea hacia el campus.

Los vibrantes colores de la primavera parecen reflejar su mejoría y su renovada inspiración. El aire fresco de la mañana aviva su ánimo mientras desmonta de su vieja y oxidada bicicleta, aparcándola junto a una docena de otras. Con una breve pausa, se ajusta la bufanda y dirige la mirada hacia el edificio del aula, sus pensamientos rebosantes de ese capítulo agridulce de su vida que planea compartir hoy.

Minutos después, entra en el auditorio, recibido por el murmullo suave de las voces. Los estudiantes se callan al verle tomar su lugar al frente; sus rostros expectantes alimentan su determinación para ofrecer una lección inolvidable.

—Uno de los grandes misterios de la vida —comienza, su voz firme pero reflexiva— son las curvas inesperadas en el camino, algunas para peor, pero otras para mejor. Por estas últimas siempre debemos estar agradecidos, pues son regalos imprevistos.

Hace una pausa y, con una mirada introspectiva, continúa:

—Hubo un momento en mi vida en el que un rayo me golpeó, provocando una epifanía. Desde entonces, mi vida nunca ha sido la misma.

— ✦ —

No habían pasado ni cuatro meses desde que comencé mi máster cuando volé de regreso a casa para celebrar el 25º aniversario de bodas de mis padres. Pero, una vez allí, no podía esperar para ver a la señora V. Tenía tanto que contarle. Apenas unas horas después de mi llegada, corrí a ver a mi querida mentora. Tras quince minutos de pura alegría y una efusiva muestra de afecto por parte de mi eterna animadora, ya no pude contenerlo más y comencé a contarle todo con gran emoción.

—Señora V., desde que la vi por primera vez, todo lo que hago es… —Me detuve, atrapado en un nudo de emoción. Un bulto en la garganta me ahogaba, sobrepasado por una avalancha de sentimientos.

—¿Cómo puedes amar a alguien a quien nunca has conocido? —pregunté, medio para mí mismo, medio para ella.

—Háblame de ella. Cuéntame, querido —respondió con tono alentador y curioso.

—Ocurrió en mi segundo fin de semana en Harvard, justo antes de un partido de fútbol. La batuta de la banda captó mi atención cuando la banda se acercaba. Tenía una destreza increíble, una energía intensa y alegre, y los ojos más hermosos que jamás había visto. Su enorme sonrisa, contagiosa, me hizo reír, y en ese instante desee que el momento nunca terminara. Me invadió un magnetismo inexplicable, y desde entonces no he tenido el control de mi corazón.

—¿Y qué hiciste al respecto? —preguntó la señora V. con aire soñador, inclinando ligeramente la cabeza.

—Nada. Me quedé paralizado. No podía apartar los ojos de ella, siguiendo cada uno de sus movimientos incluso desde la distancia. Se dispersaron y guardaron sus cosas, pero yo seguí allí, como petrificado.

—¿Y después?

—Eso fue hace tres meses. Ahora sé todo sobre ella, e incluso se presentó accidentalmente en un breve encuentro. Pero, fuera de eso, no he hecho nada. No sé qué hacer. Estoy paralizado por el miedo —confesé, con la frustración evidente en mi voz.

—Erasmus —dijo la señora V., su voz firme pero amable—, no existe una fórmula prescrita para el amor, y mucho menos para cómo, a quién o cuándo amar.

Paseó de un lado a otro, con la mano en el mentón, claramente sumida en sus pensamientos.

—En cuestiones de amor, la sabiduría puede ser nuestra luz guía. Salpica nuestros instintos, sentimientos y pasiones como una brújula del amor, respondiendo incontables acertijos del corazón —dijo, sus palabras resonando con una comprensión profunda.

Luego, tomó un pequeño libro de uno de los estantes de su escritorio, uno que parecía guardar cerca para momentos como este.

—Aquí tienes uno de ellos. Espero que te ayude a tomar acción en la búsqueda de tu enamoramiento. Lee aquí, por favor, querido —dijo, ofreciéndome el libro con una sonrisa cómplice.

Los mejores instintos de nuestro corazón

Hay cosas en la vida

que solo pueden hacerse desde el corazón,

y esas, jamás las lamentamos.

De hecho, las repetiremos

una y otra vez,

exactamente de la misma manera.

Son los actos de la vida

que surgen de los mejores instintos del corazón,

gobernados por la pasión, las convicciones y los principios.

El interés propio o las consecuencias

pasan a un segundo plano

ante nuestras creencias,

ante esa persona por la que

estaríamos dispuestos a dar la vida.

Lo cierto es que

pasos tan monumentales

no son impulsados por nuestra mente.

Si así fuera,

jamás reuniríamos el valor

ni la entrega para hacernos daño

o actuar en contra de nuestro propio interés—

a menos que fuera por amor.

Estos actos de valor

son donde nacen los héroes,

donde se cambia el curso de la historia,

donde se salvan y protegen vidas,

donde la humanidad brilla

en su máxima expresión.

Muchos nacen con

grandes instintos de la mente,

otros con grandes instintos del corazón.

Pero una de las paradojas de la vida

es que solemos seguir

los instintos donde somos más débiles,

lo que nos lleva inevitablemente

a vidas insatisfechas y desdichadas.

En asuntos del amor,

mente y corazón son como el agua y el aceite—

no se mezclan bien.

Porque la mente no puede crear,

gobernar, controlar

ni sostener el amor,

ni el amor puede hacer lo mismo con la mente.

Cuando seguimos

los mejores instintos de nuestra mente

en temas de amor,

no hay amor,

sino pensamientos en lugar de sentimientos.

Es cuando aceptamos

la comodidad y la falta de emoción

como si fueran lo suficiente.

Pero si hay algo que es cierto,

es que la dicha absoluta y la felicidad plena

solo llegan a nuestras vidas

cuando seguimos los mejores instintos

de nuestro corazón.

*

—En esta corta visita a Gales, querido Erasmus, el mensaje que te da esta anciana que te quiere con todo su corazón es que sigas siempre tu corazón —dijo la señora V. con una cálida sonrisa.

—Vale, vale, lo entiendo. Pero ¿cómo lo hago? ¿Qué debo hacer, señora V.? —pregunté con impaciencia, inclinándome hacia adelante.

—Bueno —comenzó, su tono deliberado—, quizás podrías empezar comprendiendo lo que significa realmente ser dichoso. Si lo logras, estoy segura de que serás capaz de actuar según tus sentimientos mientras posees uno de los tesoros más importantes y ocultos en asuntos del amor.

La señora V. hojeó cuidadosamente el mismo hermoso libro antes de entregármelo, ya abierto en el pasaje indicado.

—Lee aquí, mi enamorado pupilo… —dijo con una mirada alentadora, su sabiduría prácticamente irradiando.

La vida es plena

(La importancia de los pequeños detalles en la vida)

Si quieres vivir una vida dichosa,

presta atención a los pequeños detalles—

tanto en lo que das como en lo que recibes.

Pero no me refiero a esos detalles

donde "el diablo está en los…"

esos son simples, visibles a plena vista,

generalmente esperados:

reglas, normas o estipulaciones

que podemos seguir, ignorar, romper o eludir.

No, para vivir una vida llena de dicha,

debemos prestar atención a otro tipo de pequeños detalles,

aquellos que son gestos de amor,

aquellos que provienen directamente del corazón.

Suelen ser espontáneos e inesperados,

a menudo tienen poco o ningún valor material,

pero siempre brindan una alegría inmensa,

de esas que nos dejan sin aliento,

con un nudo en la garganta,

tanto al darlos como al recibirlos.

Estos pequeños detalles requieren
una creatividad genuina,
pero esta fluye fácilmente
cuando es impulsada por una empatía desbordante
y un amor sincero hacia los demás.

Cuando recibimos pequeños detalles,
su valor más grande
lo tienen cuando somos ricos,
cuando gozamos de salud
y todo está en su lugar,
y aun así, seguimos siendo lo suficientemente humildes
para apreciarlos, valorarlos,
y darnos cuenta de cuánto nos aman.

Cuando damos,
los pequeños detalles de la vida
tienen su mayor peso
cuando tenemos poco, estamos enfermos,
las cosas no van bien
o atravesamos tiempos difíciles.

Cuando, a pesar de ello,
tenemos el corazón y el deseo
de seguir dando a quienes amamos.

Es en esos extremos—

cuando valoramos lo que nos ofrecen

sin necesitarlo realmente,

o cuando damos incluso lo poco que nos queda—

cuando los pequeños detalles de la vida

cobran su verdadero significado.

Se vuelven inolvidables,

nos acompañan para siempre,

y nunca nos abandonan.

La vida es plena

cuando, atrapados por la sorpresa,

vencidos por la emoción,

ocultamos el rostro tras las palmas de nuestras manos.

Cuando encontramos aquella nota dejada en nuestro bolsillo,

cuando dejamos una flor en su almohada.

Cuando recordamos

esos pequeños y preciosos gestos

de mamá, papá,

de la abuela y el abuelo,

esos detalles que nunca fallan,

ese abrazo de apoyo,

ese beso protector,

esa sonrisa alentadora,

esas risas contagiosas,

esa mirada amorosa, tierna,

agradecida o reconfortante.

Todos esos pequeños gestos

que nos hacen reaccionar con felicidad,

que nos hacen pensar:

"Qué gesto más hermoso; me quiere."

O murmurar para nosotros mismos:

"Oh, Dios… cuánto le amo."

Así que, si deseas vivir una vida llena de dicha,

presta mucha atención a los pequeños detalles—

aquellos que provienen del corazón,

aquellos que son espontáneos gestos de amor,

aquellos que son solo pequeñas cosas,

quizás con poco o valor material alguno,

pero que nos llenan el alma.

Aquellos que nunca olvidamos,

porque nos acompañarán

el resto de nuestras vidas.

*

La señora V. me observa con ternura mientras cierro el libro, aun procesando la profundidad de lo que acabo de leer.

—Erasmus —dice suavemente—, el amor crece a partir de los pequeños detalles; el amor se captura a través de gestos diminutos.

Su mirada se ilumina con esa calidez que siempre la ha caracterizado.

—El amor se mantiene vivo y se construye con pequeñísimas cosas que damos y recibimos los unos de los otros.

En ese momento, por primera vez en mi vida, comprendo lo que realmente significa ser dichoso.

La señora V. sonríe y añade con dulzura:

—Enfócate en dar con todo tu corazón, pero ten en cuenta a quién le das. Porque lo que realmente da sentido a esos pequeños detalles es su catalizador: la empatía.

El profesor cierra el libro de los recuerdos, su voz suavizándose mientras regresa al presente.

—Y así, mis queridos estudiantes —dice con calidez en el tono—, aprendí que el amor, muchas veces, reside en los pequeños gestos—en los detalles que damos y recibimos, aquellos que transforman momentos ordinarios en extraordinarios.

El profesor recorre el aula con la mirada, una chispa de curiosidad en sus ojos.

—Ahora, mis queridos alumnos, me gustaría escuchar sus reflexiones. ¿Qué ha resonado con ustedes en la clase de hoy?

Una mano se alza en la fila del medio.

—Sí, adelante.

La mano pertenece a Sarah, una estudiante de literatura conocida por sus perspectivas perspicaces. Su voz es reflexiva cuando pregunta:

—Profesor, en *Los mejores instintos de nuestro corazón*, se habla de pasos monumentales guiados por el corazón. ¿Cómo podemos equilibrar nuestros sentimientos con las exigencias prácticas de la vida?

El profesor asiente pensativamente.

—Una excelente pregunta, Sarah. Equilibrar el corazón con las exigencias prácticas requiere discernimiento. Cuando el corazón habla, a menudo revela nuestras verdades más profundas. La practicidad, sin embargo, garantiza que podamos actuar sobre esas verdades de manera sostenible. La clave es permitir que el corazón guíe nuestro propósito, mientras la practicidad moldea el camino. Juntos, crean una armonía que sostiene tanto la pasión como la estabilidad.

Otra mano se alza desde el fondo del aula.

—Sí, en la parte de atrás.

La mano pertenece a Louis, un estudiante de ingeniería con un gran interés en el comportamiento humano. Su tono es contemplativo cuando pregunta:

—Profesor, en *La vida es plena*, se menciona que los pequeños detalles tienen su mayor valor en los momentos más difíciles. ¿Por qué cree que ocurre esto?

—Una observación importante, Louis —responde el profesor—. Los pequeños detalles, especialmente aquellos nacidos de la empatía y el amor, brillan con más fuerza en la adversidad porque nos recuerdan nuestra humanidad compartida. Cuando la vida se vuelve abrumadora, incluso los gestos más sencillos—una sonrisa inesperada o una palabra amable—pueden anclarnos, reavivar la esperanza y restaurar nuestro sentido de conexión. Son prueba de que, incluso en nuestros momentos más oscuros, siempre hay luz.

Se levanta una tercera mano.

—Sí, adelante.

La mano pertenece a Lena, una estudiante de sociología con especial interés en las relaciones humanas. Su voz es firme, pero refleja curiosidad cuando pregunta:

—Profesor, mencionó la importancia de ser conscientes de a quién damos nuestros gestos. ¿Cómo podemos discernir quién los merece?

El profesor inclina la cabeza ligeramente, reflexionando sobre la pregunta.

—Lena, discernir a quién damos no se trata tanto de merecimiento como de alineación. Pregúntate: ¿Este gesto nace de la sinceridad? ¿Está alineado con la empatía que siento por esa persona? Si la respuesta es sí, entonces el acto de dar siempre será significativo, sin importar cómo sea recibido.

Finalmente, una mano se alza desde la primera fila.

—Sí, adelante.

La mano pertenece a Jacob, un estudiante de filosofía. Su tono es inquisitivo cuando pregunta:

—Profesor, mencionó que la empatía es el catalizador de los pequeños detalles que realmente importan. ¿Cómo podemos cultivar una mayor empatía en nuestras vidas?

El profesor sonríe.

—Una excelente pregunta, Jacob. La empatía comienza con la escucha—escuchar profundamente y sin juzgar. Crece cuando intentamos comprender las perspectivas de los demás y cuando practicamos la bondad, incluso cuando nos resulta incómodo o inconveniente. La empatía florece cuando estamos dispuestos a ver el mundo a través de los ojos del otro y a actuar con compasión. Es tanto una habilidad como una forma de vivir, y enriquece nuestras vidas de manera inimaginable.

El profesor Cromwell-Smith esboza una gran sonrisa mientras concluye su clase. Notando la curiosidad y la expectación en los rostros de sus alumnos, responde con entusiasmo:

—Sí, sí. La respuesta es sí. En nuestra próxima clase, profundizaremos aún más en este capítulo de mi vida —declara con determinación.

A medida que las preguntas van cesando, el profesor echa un vistazo al reloj, su expresión suavizándose en una sonrisa reflexiva.

—Gracias por sus preguntas, mis queridos alumnos. Recuerden, la belleza de la vida a menudo reside en los pequeños detalles. Presten atención a ellos, porque tienen el poder de transformar sus experiencias y relaciones. Que tengan un maravilloso día y espero verlos la próxima semana. Los estudiantes comienzan a salir, con expresiones pensativas e inspiradas. Entre ellos, la joven de cabello rizado permanece en su asiento, su mirada fija en el profesor mientras recoge sus pertenencias. Lo observa mientras se marcha del aula, su curiosidad creciendo con cada sesión. Lo que al principio era solo una sensación familiar ahora se vuelve innegablemente real para ella, resonando más y más con cada historia que comparte.

Capítulo 12

Enamorarse

Es temprano por la mañana y el calor ya es sofocante. Mientras el profesor Cromwell-Smith pedalea con deliberación por las calles silenciosas, su ritmo pausado refleja la introspección que llena su mente. Sin embargo, los vibrantes colores del verano contrastan con las emociones tumultuosas que arden en su interior. Cada giro de las ruedas acerca los recuerdos a la superficie—lugares del corazón largamente enterrados, pero jamás olvidados. La intensidad le desconcierta por completo, como una tormenta de sentimientos desenterrados que inunda cada rincón de su ser. Para cuando llega al campus, una fina capa de sudor le cubre la frente, aunque la calma en su expresión no delata el torbellino que lleva dentro.

Poco después, entra en el auditorio, donde un público expectante aguarda su llegada. El murmullo de voces se apaga cuando su presencia enciende una energía familiar en la sala. Da un paso adelante, ajusta su bufanda y comienza con una sonrisa:

—¿No es increíblemente maravilloso?

—Queridos amigos, hoy les pido que me acompañen en esta fase de mi vida —dice el profesor Cromwell-Smith, su tono una mezcla de entusiasmo y vulnerabilidad—. Les ruego me perdonen si me dejo llevar por la emoción. Son sentimientos que ni yo, ni ninguno de nosotros, podemos simplemente racionalizar.

Respira hondo, su mirada suavizándose al perderse en el pasado.

—Bien, allá vamos —dice, fortaleciéndose mientras la sala cae en un silencio expectante y los recuerdos comienzan a desplegarse.

— ✦ —

Han pasado tres semanas desde que escribí a la señora V., compartiéndole la dicha y la felicidad de haber encontrado al amor de mi vida. En aquella carta, la agradecí un millón de veces.

Queridísima señora V.,

Tengo una noticia que me llena de alegría y que ha sido posible gracias a su guía. Estoy locamente enamorado y los dos somos increíblemente felices. He conquistado su corazón con una serie de pequeños gestos sinceros y detalles diminutos que la han maravillado. Lo he logrado siguiendo los mejores instintos de mi corazón.

No va a creer esto: su nombre es… bueno, yo la llamo Vicky—¡Vicky, como en Victoria! ¿No es asombroso? Comparten el mismo nombre. Su nombre completo es Victoria Emerson-Lloyd, y llevamos once meses siendo inseparables.

Señora V., permítame advertirle que ni soy poeta ni escritor. Aun así, le envío unos versos que escribí para ella y que quiero compartir con usted. El primero de ellos captura exactamente lo que siento por ella:

El amor nos llega a través de un conejito en su laberinto

¿Cómo sabes cuándo el amor

está llamando a tu puerta?

¿Cómo sabes cuándo ha llegado?

Su música, la música de los ángeles,

te espera ahí fuera.

¿Cómo sabes que quien ha llegado a tu vida

podría ser ese compañero de viaje

que siempre has anhelado?

¿Y cómo decides si es el momento adecuado,

justo ahí, en ese instante,

para salir de tu caparazón,

derribar tus escudos protectores?

Lo sabes,

cuando alguien irrumpe inesperadamente

en el viaje de tu vida,

y te deja sin aliento,

sin poder respirar.

Lo sabes,

porque cuando por fin recuperas el aliento,

todo lo que inhalas te dice, sin duda alguna,

que no hay nada más en el mundo

que prefieras estar haciendo,

ni nadie con quien preferirías estar,

más que con tu conejito del amor.

Lo sabes,

porque el mundo a tu alrededor desaparece

y te dejas caer sin reservas

por el laberinto sin final más deslumbrante

que jamás encontrarás en tu vida.

Lo sabes,

cuando, de repente,

la persona de tus sueños

no puede hacer nada mal,

y todo lo que dice o hace

se reviste de perfección

a través de un cristal benevolente

hecho de candor ilimitado,

ingenuidad y romance.

Lo sabes,

cuando desde el principio

te sientes ligero, libre,

seguro y en paz.

La vida se convierte en un viaje de dos,

impregnado de magia,

felicidad, pasión y alegría.

Lo sabes,

porque te invade

una certeza inexplicable—

te sientes seguro, protegido,

y nunca solo.

Y lo sabes.

Porque te ves a ti mismo

imaginando tu vida, tu futuro,

tu familia, tus hijos—

solo con tu otra mitad.

Lo sabes.

Porque el amor es un laberinto infinito

del que jamás querrás escapar.

*

Queridísima señora V.,

Vicky es vivaz y efervescente. Es divertida y un poco alocada, y le encanta vestirse de azul. Muy apropiado, de hecho, porque es mi nuevo unicornio... aunque uno con un temperamento muy corto. Es un torbellino, pero también puede ser dulce y profundamente compasiva. Su causa en este momento es ayudar a los sin techo, y sueña con servir a quienes más lo necesitan.

También adoro verla correr desenfrenada hacia cualquier cosa que haga, con sus rizos dorados volando en todas direcciones mientras quema esa energía aparentemente inagotable que tiene. La amo, señora V.... y, sin embargo, ¡no podríamos ser más diferentes! Ella sueña con convertirse en psicóloga criminal, mientras que yo ni siquiera tengo la más mínima idea de qué quiero hacer con mi vida.

Por eso escribí este pequeño guion para ella. Quería inmortalizar nuestra vida juntos en sus detalles más minúsculos y vívidos, contrastándolos con los polos opuestos que representamos, pero, al mismo tiempo, mostrando cuán profunda e íntimamente entrelazados estamos.

Señora V., ha sido un descubrimiento extraordinario para mí darme cuenta de que ser tan diametralmente opuestos genera una especie de tensión amorosa. Y he comprendido que es precisamente esa tensión la que enciende la pasión interminable entre nosotros.

De ahí el nombre de este escrito:

El secreto reside en cómo los polos opuestos se atraen en el amor

Tú adoras bailar, y yo no.

Tú eres espontánea y directa, y yo no.

Tú eres ruidosa y bulliciosa,
yo soy el silencio personificado.

Tú eres sociable y extrovertida,
yo, por defecto, no soy ninguna de las dos.

Tú amas la certeza y la previsibilidad,
yo prospero en la improvisación,
sin saber nunca qué esperar.

Tú tienes un temperamento explosivo
que estalla y se disipa como un volcán,
mientras que mi fuego arde lentamente,
de forma constante y prolongada.

Tú prefieres dormir hasta tarde,
yo me levanto antes del alba.

Tú planeas meticulosamente cada paso,
yo dejo todo para el último momento.

Tú necesitas organización constante,
a mí me gusta el orden… la mayoría de las veces.

Tú logras que la limpieza y el orden
se cumplan sin falta,
yo los disfruto enormemente.

Tú recuerdas ciertas cosas con absoluta claridad,
yo recuerdo otras con la misma intensidad.
Tú lees a las personas con precisión absoluta,
yo descifro a algunas… pero no a todas.

Tú disfrutas un buen vino y queso,
yo aún estoy aprendiendo a apreciarlos.

Tú cocinas de maravilla y con velocidad de relámpago,
yo apenas sé hervir el agua.

Tú no le das importancia al desayuno,
yo creo que es la comida más importante del día.

Tú no disfrutas el helado ni el chocolate,
yo los amo sin medida.

Tú celebras con efusividad,
yo lo hago en silencio y con discreción.

Tú tocas instrumentos con facilidad,
yo no sabría ni por dónde empezar.

Tú amas ciertos géneros de música con pasión,
yo adoro todas las músicas del mundo.

Tú no eres de cariño físico ni de gestos afectuosos,
yo lo soy todo el tiempo.

Tú puedes ser ferozmente celosa,
yo lo veo como otro juego de la vida.

Tú llamas todo por su nombre,
yo endulzo mis palabras con apelativos cariñosos.

Tú amas la rutina y la previsibilidad,
yo prospero en el caos y la espontaneidad.

Tú detestas estar descalza o sin ropa,
yo lo disfruto sin problema.

Tú hablas de todo y sobre todo,
yo solo lo hago cuando algo me apasiona profundamente.

Tú disfrutas cuando te leo,
y yo lo hago con entusiasmo.

Tú nunca comprendes las películas
pero logras mantenerte despierta.
Yo me duermo, pero de alguna manera
logro explicártelas luego.

Tú siempre duermes mientras conduzco,
yo nos llevo a nuestro destino
hablando solo durante todo el trayecto.

Tú odias conducir,
yo podría hacerlo eternamente.

Tú te irritas cuando te aburres,
yo ni siquiera sé lo que es el aburrimiento.

Tú rara vez disfrutas lo que pides en un restaurante,
así que siempre te paso comida de mi plato,
o, de lo contrario, terminas cogiendo de lo mío.

Tú eres cautelosa y temerosa,
yo salto primero y pregunto después.

Tú eres risueña,
yo no me río con facilidad.

Tú luces espléndida con un buen vestido,
yo no me preocupo por mi vestuario.

Somos completamente distintos en
con quién, cómo, cuándo, dónde
y en qué trabajamos.

Pero no podríamos ser más iguales
en la pasión con la que nos entregamos.

Tú escribes a una velocidad vertiginosa,
yo voy a trompicones.

Yo leo a una velocidad vertiginosa,
tú no.

Tú odias cargar cosas,
yo adoro hacerlo por ti.

Tú te desorientas con facilidad,
yo soy tu brújula humana.

Tú te fías de los mapas,
yo de mi instinto.
Tú no sabes negociar ni regatear,
yo disfruto el arte de la negociación.

Tú crees que algunas cosas son imposibles,
yo creo que casi todo es posible,
y en eso confías en mí.

Tú disfrutas sentarte y ser atendida
mientras disfrutas una buena comida,
yo prefiero la simplicidad del autoservicio.

Tú disfrutas una buena discusión,
yo soy el pacificador silencioso,
antirruido y antipeleas.

Tú notas cada detalle que te desagrada,
yo conscientemente distorsiono y reinvento la realidad.

Tú tropiezas y te caes con frecuencia,
yo… tampoco soy mucho mejor en eso.

Tú puedes pasar horas curioseando sin comprar nada,
yo no puedo esperar para salir de las tiendas.

Tú eres difícil de complacer cuando deseas algo,
pero cuando lo elijo por ti,
siempre acierto con la talla, el tipo y el estilo.

Tus miedos desaparecen cuando juegas a juegos de mesa,
donde siempre haces trampas.
Yo soy ingenuo, torpe y crédulo,
y tu víctima infalible en cada partida.

Tus miedos desaparecen cuando se trata de colarte en una fila,
yo dudo, me da vergüenza,
pero aun así te sigo obedientemente.

Tú eres una ciclista terrible,
esa es mi mejor especialidad en los deportes.

Tú eres una gran nadadora,
decir que soy mediocre en ello sería un elogio.

Tú amas la playa sin arena en los pies,
yo fui criado al lado de la mar
y la amo en su estado más salvaje.

Tú prefieres el clima perfecto y sereno,
yo disfruto el más áspero y desafiante.

Yo soy abrumadoramente físico,
tú siempre logras frenarme.

Tú eres claustrofóbica,
yo sufro mareos por movimiento.

Tú temes a las alturas,
yo prefiero vistas panorámicas desde lo alto.

Tú puedes sentarte en medio sin problema,
yo necesito el pasillo, la ventana o estar al frente.

Tú amas el ballet y la ópera,
yo prefiero una buena filarmónica y una biblioteca.

Nos encantan los museos,
pero de partes completamente distintas.

Tú disfrutas sentarte y picar algo,
yo puedo pasar horas en una librería
o mirando fotos históricas.

Tú sueltas maldiciones y palabras fuertes,
yo nunca lo hago.

Tú te aferras a todo y te cuesta soltar,
yo lo dejo ir con solo chasquear los dedos.

Tú amas correr, pero ya no puedes,
para mí, correr es una parte esencial de mi vida.

Las cosas en las que coincidimos
son fáciles de notar y enumerar sin fin.

Pero es en las cosas en las que somos diferentes
donde surge esa tensión saludable.

Por eso el secreto reside en dos extremos opuestos
trabajando juntos para siempre.

*

Queridísima señora V.,

Le he escrito a ella como nunca le he escrito a nadie en mi vida. Quizá esto sea lo que realmente amo hacer. Escribir, o tal vez enseñar sobre ello.

Señora V., antes de despedirme, hay algo más. ¿Está lista? Quiero pedirle matrimonio. ¡Sí! Lo deseo con todo mi corazón. Quisiera que Victoria fuera mi esposa y compañera para siempre.

Pero me encuentro perdido en un mar de miedo y dudas. La verdad es que me siento como si no fuera nadie. No tengo nada material que ofrecerle, ni siquiera tengo claro lo que quiero hacer con mi futuro.

Por favor, ayúdeme. Necesito su sabiduría y guía.

Esperaré ansiosamente su respuesta.

Suyo siempre,

Erasmus

P.D. Su eternamente agradecido, ahora enamorado, pero aún "alma perdida" aprendiz. Por cierto, la llamo Vicky, así nunca la confundo con usted.

— ✤ —

Cuando el profesor Cromwell-Smith termina de leer su emotiva carta a la señora V., su voz aún porta el peso de las emociones de su yo más joven. En el auditorio reina un silencio absoluto; sus alumnos están completamente absortos en la historia, atrapados por la vulnerabilidad cruda y sincera de sus palabras. Cierra los ojos un instante, como si estuviera despidiéndose de los vívidos recuerdos que han vuelto a la superficie. Luego, poco a poco, regresa al presente. Cuando abre los ojos, en su expresión todavía brilla la calidez de la evocación, un destello de nostalgia que ilumina su rostro.

Con una mirada cargada de emoción, devuelve la atención a su clase, observando el profundo impacto reflejado en los rostros de sus alumnos.

Los estudiantes permanecen en un silencio reflexivo, dejando que el peso de sus palabras se asiente en ellos. Entre ellos, una joven de cabellos dorados sigue completamente inmóvil en su asiento. Una vorágine de emociones la invade, apretando el nudo en su garganta y acelerando los latidos de su corazón. Permanece paralizada, atrapada entre la angustia y la revelación. *Así que es él*, se da cuenta, mientras las palabras del profesor resuenan en lo más profundo de su ser.

—Cuando el amor verdadero llama a la puerta de tu vida, atrévete a abrirle —declara el profesor con convicción—. A partir de ese momento, tu corazón tomará el mando y pondrá en marcha la fábrica de tu felicidad.

Hace una pausa, recorriendo con la mirada el auditorio.

—Ahora, queridos alumnos, me encantaría escuchar sus pensamientos. ¿Qué preguntas o reflexiones tienen sobre la clase de hoy?

Su invitación queda flotando en el aire, animando incluso a los más tímidos a participar.

Una mano se alza con timidez en la tercera fila.

—Sí, adelante —anima el profesor.

La mano pertenece a Lindsey, una estudiante de literatura conocida por su mente analítica. Su voz es firme, pero en ella se percibe curiosidad.

—Profesor, en *El amor nos llega a través de un conejito en su laberinto*, describe el amor como un sentimiento que te deja sin aliento y una caída voluntaria en un agujero de conejo. Pero ¿qué sucede cuando la euforia inicial desaparece? ¿Cómo se mantiene ese amor?

—Ah, excelente pregunta, Lindsey —responde el profesor.

—El agujero del conejo es el inicio, el catalizador del amor. Pero mantenerlo requiere esfuerzo, empatía y, como verás en el siguiente poema, atención a los pequeños detalles que preservan y nutren el amor. El amor evoluciona, y son esos gestos—tanto los que damos como los que recibimos—los que mantienen viva la magia.

Lindsey asiente, tomando notas mientras su interés crece aún más.

Otra mano se levanta desde el fondo del auditorio.

—Sí, al fondo —reconoce el profesor.

La mano pertenece a Ryan, un estudiante de filosofía con inclinación por las preguntas profundas y existenciales.

—Profesor, en *El secreto reside en dos extremos opuestos trabajando juntos para siempre*, destaca las diferencias en una relación. ¿Cómo podemos navegar por esas diferencias sin que se conviertan en fuente de conflicto?

—Una observación perspicaz, Ryan —responde el profesor—.

Las diferencias pueden dividir o fortalecer una relación, dependiendo de cómo se aborden. La clave está en el respeto mutuo y la comprensión. Celebren esas diferencias como fuerzas complementarias que crean un equilibrio dinámico. Aprendan a ceder sin perder su esencia y, sobre todo, comuníquense con empatía.

Ryan se recuesta en su asiento, reflexionando sobre las palabras del profesor.

Otra mano se levanta cerca del frente.

—Sí, adelante —dice el profesor.

La mano pertenece a Phillip, una estudiante de psicología con gran interés en el comportamiento humano.

—Profesor, en *La vida es plena*, menciona que los pequeños detalles cobran mayor importancia en los momentos difíciles. ¿Podría explicar por qué sucede esto?

El rostro del profesor se suaviza.

—Phillip, es precisamente en los momentos más desafiantes de la vida cuando esos pequeños gestos de amor y cuidado se convierten en salvavidas. Nos recuerdan nuestra humanidad, nuestras conexiones y el apoyo que nos rodea. Una palabra amable, una caricia reconfortante o incluso una simple sonrisa pueden brindarnos una inmensa paz y fortaleza cuando más lo necesitamos.

Phillip asiente mientras su pluma se mueve rápidamente sobre su cuaderno.

Finalmente, el profesor Cromwell-Smith echa un vistazo al reloj, su expresión se transforma en una sonrisa reflexiva.

—Gracias por sus preguntas, mis queridos estudiantes. Recuerden, la belleza de la vida a menudo se encuentra en los detalles más pequeños. Presten atención a ellos, porque tienen el poder de transformar sus experiencias y sus relaciones. Que tengan un maravilloso día y espero verlos la próxima semana. Los estudiantes comienzan a salir del aula, sus rostros reflejan pensamientos profundos e inspiración. Entre ellos, la joven de cabellos rizados permanece en su asiento, su mirada fija en el profesor mientras él recoge sus cosas. Lo observa mientras sale de la sala, con el corazón latiendo cada vez más rápido a medida que las emociones dentro de ella se intensifican con cada clase.

Mientras la mayoría de los alumnos se demoran en el aula, inmersos en la estela del relato del profesor, parece como si incontables pequeños corazones rojos flotaran en el aire sobre sus cabezas, testigos del hechizo de amor que acaba de compartir.

Capítulo 13

El amor verdadero y el taburete con tres patas

Ha estado pedaleando durante más de una hora, recorriendo sin rumbo los caminos secundarios del campus. El profesor Cromwell-Smith salió de casa una hora antes de lo habitual, tomándose el tiempo para reflexionar y hacer balance de su vida. Sabe que ha seguido sus pasiones y ha cumplido sus sueños. Enseñar es, sin duda, lo que ama hacer. Sin embargo, hay algo que sus mentores nunca le enseñaron: cómo encontrar el amor. La sesión de hoy, sin embargo, se adentrará en ese breve pero transformador periodo de su vida en el que lo halló. Está ansioso por compartir con su clase lo que ocurrió.

Cuando finalmente se siente listo, dirige su bicicleta hacia el edificio principal de la universidad. Poco después, entra en el auditorio y se encuentra con una gran multitud que lo espera.

—¿Cómo están hoy? —pregunta, su voz rebosante de entusiasmo.

—¡Genial! —responden los estudiantes al unísono, su energía vibrante llenando la sala.

—Entonces, vamos directo al grano, ¿les parece? —dice, ampliando su sonrisa mientras el murmullo de la sala se disipa, dejando espacio para la historia que está a punto de desplegarse.

—— ✤ ——

Hoy, por fin ha llegado. Llegó temprano por la mañana, pero aún no lo he abierto. Ha estado guardado en el bolsillo izquierdo de mi chaqueta durante todo el día, sintiéndose como si en cualquier momento pudiera arder y atravesar la tela. Ansioso, lo palpo de vez en cuando, asegurándome de que no ha evaporado, desaparecido o perdido. Este tormento autoimpuesto dura toda la mañana y se prolonga en una tarde insoportablemente larga. Solo al final del día, finalmente me siento, respiro hondo y abro la esperada respuesta de la señora V.

—*Obsequium, obsequium, obsequious* —leo en voz alta.

Una vez más, su acostumbrada introducción me resulta encantadora, como un regalo precioso e invaluable.

— ✳ —

Querido Erasmus,

Escribo estas líneas con una sonrisa gigantesca en el rostro. ¡Oh, mi querido chico, cuánto me has alegrado el día! Qué detalle tan hermoso el tuyo al compartir conmigo algunas de las cosas que has escrito para Victoria. Son un soplo de aire fresco, transportándome a un mundo en el que una vez viví... hasta que perdí a mi único amor en la Batalla de las Ardenas.

He copiado un par de maravillosos escritos para ti, aquellos que te ofrecerán la sabiduría necesaria en esta magnífica encrucijada de tu vida. El primero trata, simplemente, sobre el amor.

¿Sabes qué es el amor?

¿Sabes cómo amar?

¿Sabes cómo ser amado?

*

¿Qué es el amor?

Qué hazaña tan desconcertante,

la de dos almas prendadas la una de la otra.

Los susurros y los silbidos

de un par de corazones enamorados,

en un mundo solo suyo.

La paz y la serenidad

de dos espíritus completamente cómodos

el uno con el otro,

en todo momento,

mientras disfrutan

de la más sublime de las conexiones,

en un lugar donde la belleza innata

abunda sin medida.

Una pareja

en un estado de cambio constante,

donde todo empieza

y nunca deja de fluir

en una sinfonía de reacciones

ante las expresiones de amor del otro.

Y,

Y enredados entre los dedos del uno y el otro,

se rinden por completo,

pareciendo hacer el uno con el otro

lo que les place.

Mimados para siempre,

ninguno podrá aceptar jamás nada menos

que lo mismo o aún más

de su otra mitad.

Es así como

el amor se convierte en un ejercicio perpetuo

de ponerse en los zapatos del otro.

Por ello,

el amor es la máxima empatía,

en la unión de dos corazones

poseídos el uno por el otro,

siempre y para siempre.

*

El segundo trata sobre el amor verdadero. Mi muchacho, eso sí que es lo real. ¿Es esto lo que sientes? ¿Y ella? ¿Sabes que la mayoría de las personas nunca experimentan el amor verdadero, y de los pocos que lo encuentran, muchos lo dejan escapar?

Déjame abrirte las puertas del mágico mundo del amor verdadero...

¿Qué es el amor verdadero?

El amor verdadero es,

cuando tu corazón ya no te pertenece.

El amor verdadero es,

cuando el vaso de tu vida solo se llena

con la presencia de tu ser amado.

El amor verdadero es,

cuando sientes que puedes mover montañas

o partir los océanos por el otro.

El amor verdadero no ve ni escucha el mal,

es incondicional,

sin importar la travesura o el error.

El amor verdadero es,

cuando tu piel duele en ausencia del otro,

y nada se siente más cálido

que estar en sus brazos.

El amor verdadero es,

cuando la pasión es tan avasalladora,

siempre a un suspiro de distancia.

El amor verdadero es,

cuando el éxito, la derrota o el fracaso se desvanecen,

y ni el dolor ni la alegría pueden imponerse.

Es ser todo el uno para el otro,

es también darlo todo y aún más.

El amor verdadero está en los saludos

que nos hacen saltar de alegría,

en los abrazos largos y en las despedidas

que nos dejan sin aliento,

con la garganta anudada por la emoción.

El amor verdadero espera y anhela,

sin esperar nada a cambio.

El amor verdadero está en la mirada benigna y comprensiva,

en las sonrisas desbordantes de felicidad,

en los ecos de la alegría en nuestras vidas.

El amor verdadero es,

cuando tu alma gemela

se convierte en parte de tu esencia,

cuando cada espíritu está dividido en ambos,

y ambas almas se rinden, fundiéndose en una sola,

volviéndose compañeros de viaje

en la azarosa travesía de la vida.

El amor verdadero es,

cuando los colores de la vida

brillan y florecen a plenitud,

las campanas del cielo repican,

y la orquesta de la vida toca

su mejor sinfonía,

mientras todo lo que sentimos

alcanza la cúspide del éxtasis.

El amor verdadero no se puede medir.

El amor verdadero no se puede controlar.

El amor verdadero es como una fortaleza.

El amor verdadero es uno de los mayores regalos de la vida,

preciado, pero a menudo desapercibido.

El amor verdadero es difícil de encontrar.

Quizás nunca te topes con el...

en su lugar, él te encontrará a ti.

El amor verdadero es un milagro,

una de las grandes maravillas

de estar vivos.

*

Querido pupilo, recuerda siempre:
El amor verdadero no depende del éxito, ni desaparece en
la adversidad. Cuando llega, permanece contigo para
siempre. Finalmente, en este precioso pequeño libro, La
Magia en la Vida, hay otro escrito igualmente hermoso, del

mismo autor. Está impregnado de una sabiduría atemporal en materia de amor. Se trata de un taburete de tres patas... Déjame compartirlo contigo.

El taburete con tres patas
¿Qué hace a una gran pareja?

Primero, la **Amistad**.

Sus cimientos son la honestidad, la lealtad,

la fidelidad y el compromiso.

En ellos residen la comunicación

y la entrega incondicional.

Es confiar sin límites,

dar sin esperar nada a cambio.

Es saber lo que el otro piensa sin palabras,

y comprender sus deseos con solo una mirada.

Es terminar las frases del otro,

complementar sus debilidades y diferencias.

Es cuando el respeto y la admiración

se convierten en la fuerza motriz

y en los pilares de apoyo.

Es el lugar donde la verdadera intimidad florece,

y donde los muros y fronteras de una pareja

se levantan como una fortaleza—

proporcionando consuelo, privacidad, fuerza
y un refugio seguro para ambos.

Cuando hay verdadera intimidad,
el otro se convierte en la persona
con la que siempre estás a gusto,
aquella cuya presencia nunca te cansa,
con quien hablar y compartir
se siente tan natural como respirar.

Es la persona que, a veces,
actúa como un padre,
otras como un hermano,
muchas más como un cónyuge,
y, con frecuencia,
simplemente como un amigo.

Es la persona que más te motiva,
pero también la que te detiene,
te hace reflexionar, cambiar de rumbo
o enmendar tus errores.
La verdadera amistad prospera
en un nivel saludable de tensión.

Y es en la verdadera amistad
donde se encuentran las promesas de
en la salud y en la enfermedad,

en la riqueza y en la pobreza,

hasta que la muerte nos separe.

Segundo, la **Pasión**.

Es cuando la carne arde sin control,

cuando la sangre y el deseo

se convierten en una bola de fuego,

y dos cuerpos se vuelven insaciables—

incapaces de saciarse el uno del otro,

sin importar cómo, sin importar cuándo,

sin importar dónde.

Es cuando el deseo abruma

la mente y el cuerpo.

Es cuando una mirada, un roce,

una simple imagen

son suficientes para encender

la chispa del deseo mutuo.

Es cuando la fantasía y la imaginación

se transforman en realidad

en un instante de piel y fuego.

Es cuando todo en el otro

es sensual, carnal y seductor—

en todo momento, a cualquier hora.

Tercero, el **Amor**.

El verdadero amor es
cuando tu corazón ya no te pertenece.

El verdadero amor es
cuando las campanas del cielo repican,
y las trompetas de la vida
tocan notas en forma de corazón
a todo pulmón.

Es el delicado jardín de rosas
que requiere cuidado constante y tierno,
pero que, a cambio,
regala una belleza inmensa,
aunque frágil y efímera.

El verdadero amor es
cuando la piel duele
en ausencia del otro.

Es vivir en un perpetuo asombro,
en una eterna fascinación,
y estar completamente rendido
el uno al otro.

Es cuando nada se siente más cálido

que estar en los brazos del otro.

El verdadero amor es

caballerosidad y galantería,

es poesía y entrega absoluta.

Es cuando los colores de la vida

brillan y florecen en su máximo esplendor,

cuando la orquesta de la existencia

toca su mejor sinfonía,

y todo lo que sentimos

alcanza la cúspide del éxtasis.

Amistad, Pasión y Amor

son las tres patas de soporte del taburete—

el símbolo de una pareja completa,

una pareja que perdurará

y superará los desafíos de la vida,

una pareja que se mantendrá unida para siempre.

*

Querido Erasmus,

Como ves, una pareja tiene tres dimensiones muy distintas. Cada una requiere esfuerzo. Cada una es diferente, pero igual de importante, pues juntas forman los cimientos de una unión feliz, sólida y duradera. El amor verdadero, querido Erasmus, una vez que te encuentra, no lo dejes ir jamás, pues puede que

*nunca vuelva a suceder. Y si, de hecho, te encuentra, recuerda siempre estas tres patas del taburete—**amistad, pasión y amor.** Todas deben estar presentes para que la relación perdure y se mantenga feliz. Así que ahí lo tienes. ¿Es amor? ¿Es amor verdadero? ¿Sientes y vives la amistad, la pasión y el amor que conforman una pareja eterna? Sé feliz, hijo mío. Te deseo todo lo mejor.*
Tu exultante y vieja mentora,
La Sra. V.

P.D. Erasmus,
¿Qué fueron esos pequeños gestos que conquistaron su corazón? Por favor, dime más sobre ti y sobre Vicky. ¿Quién es esa encantadora criatura que ha robado el corazón de mi querido pupilo?

— ✤ —

Sus palabras permanecen en mi mente, resonando con todo su significado. Esta es la manera de la señora V.— siempre dejando abiertas las puertas a las grandes preguntas, sabiendo que sus respuestas me moldearán para siempre.

— ✤ —

El profesor Cromwell-Smith se siente abrumado por la emoción, al igual que el alumnado que lo rodea. Para muchos, la pregunta que permanece flotando en el aire es cómo y por qué su propio taburete de tres patas se rompió. Un par de lágrimas se deslizan lentamente por su rostro marcado por el dolor, mientras sus labios temblorosos intentan contener la tormenta de sentimientos reprimidos.

Al terminar de leer la carta de la señora V. y los tres poemas, su voz carga con el peso de las emociones de su yo más joven. Deja los papeles sobre el atril, sus manos permaneciendo sobre ellos unos instantes más, como si le costara desprenderse de los recuerdos que representan. La sala permanece en absoluto silencio, los estudiantes están absortos en la vulnerabilidad cruda de su historia.

Con una expresión de profunda emoción, el profesor cierra los ojos por un breve momento, inhalando profundamente, como si estuviera despidiéndose de los recuerdos que han vuelto a resurgir. Al abrirlos de nuevo, el calor de la remembranza sigue brillando en su rostro. Su mirada recorre el aula, encontrándose con la quieta intensidad de los ojos de sus alumnos.

—El verdadero amor, mis queridos amigos —comienza, con una voz firme pero cargada de emoción—, es un regalo raro y precioso. Requiere paciencia, valentía y, sobre todo, la voluntad de alimentar esas tres patas del taburete: la amistad, la pasión y el amor.

Algunos estudiantes se mueven ligeramente en sus asientos, sus rostros reflejando un mar de pensamientos mientras el peso de sus palabras se instala en la sala.

Al concluir su lectura, el profesor hace una pausa, su mirada recorriendo la habitación. Sus ojos reflejan una mezcla de nostalgia y tranquila determinación mientras se inclina ligeramente sobre el atril.

—Me gustaría escuchar sus reflexiones o preguntas sobre la lección de hoy —invita, con una voz cálida y alentadora.

Una mano se alza en el centro del auditorio.

—Sí, adelante —dice, animando al estudiante.

La mano pertenece a Jimmy, un estudiante de sociología conocido por su naturaleza inquisitiva.

—Profesor, en *¿Qué es el amor verdadero?*, usted describe el amor como algo incondicional y fortalecedor. ¿Cómo se reconcilia esto con la idea de que el amor requiere esfuerzo, como se menciona en *El taburete con tres patas*?

—Excelente pregunta, Jimmy —responde el profesor, con tono pensativo—. El amor verdadero es, efectivamente, una fuente de fortaleza, pero su duración depende del esfuerzo y la intención. Mientras que el amor puede surgir naturalmente, sostenerlo requiere el trabajo constante de construir y equilibrar esas tres patas: la amistad, la pasión y el amor. Sin ese esfuerzo, incluso el amor más fuerte puede tambalearse.

Jimmy asiente, tomando notas mientras procesa la respuesta.

Otra mano se levanta desde la parte trasera del auditorio.

—Sí, en la parte de atrás —dice el profesor, reconociendo al estudiante.

La mano pertenece a Nina, una estudiante de psicología especializada en relaciones y comportamiento.

—Profesor, en *El taburete con tres patas*, usted enfatiza la importancia de la pasión. ¿Cómo se puede mantener la pasión en una relación a largo plazo?

—Gran pregunta, Nina —responde el profesor con una leve sonrisa—. La pasión evoluciona con el tiempo. En el inicio de una relación, suele estar alimentada por la novedad y la fascinación. Pero a medida que la relación se profundiza, la pasión debe ser cultivada intencionalmente a través de experiencias compartidas, intimidad física y formas creativas de expresar el deseo. La clave está en no dar nunca al otro por sentado y seguir explorando juntos lo que los conecta y emociona.

Nina asiente con aire pensativo, anotando sus palabras con cuidado.

Otra mano se alza cerca de la primera fila.

—Sí, adelante —dice el profesor, girando su atención hacia el estudiante.

La mano pertenece a Elizabeth, una estudiante de sociología con gran interés en la simbología.

—Profesor, en *¿Qué es el amor?* usted describe el amor como 'la máxima expresión de la empatía'. ¿Cómo influye esta empatía en la manera en que enfrentamos los conflictos en una relación?

La expresión del profesor se suaviza.

—Elizabeth, la empatía nos permite ver y sentir el mundo desde la perspectiva de nuestra pareja. Transforma los conflictos en oportunidades de comprensión y crecimiento. Cuando abordamos las diferencias con empatía, es más probable que escuchemos, validemos y encontremos soluciones que fortalezcan la relación en lugar de debilitarla.

Elizabeth sonríe, su pluma suspendida en el aire mientras absorbe sus palabras.

A medida que las preguntas van llegando a su fin, el profesor Cromwell-Smith echa un vistazo al reloj, su expresión suavizándose en una sonrisa reflexiva.

—Gracias por sus preguntas, mis queridos estudiantes. Recuerden, el amor no es solo un sentimiento: es una elección, un compromiso y un viaje. Presten atención a esas tres patas del taburete. Cuídenlas, y construirán algo hermoso y duradero. Que tengan un maravilloso día. Nos vemos la próxima semana.

Los estudiantes comienzan a salir, sus rostros reflejando pensamientos profundos e inspiración.

Entre ellos, una joven de cabello largo y dorado vacila. Su mirada permanece fija en el profesor mientras él recoge sus pertenencias. Lo observa mientras sale del aula, su corazón latiendo con fuerza por las emociones que crecen en cada sesión.

«¡Los poemas, los tres mentores, Oxford y Harvard! ¿Cómo pude no haberlo visto antes?» piensa. Ahora no quedan dudas. El nombre *Victoria Emerson-Lloyd* es la confirmación final.

Su corazón late con ansiosa determinación mientras lo ve dirigirse hacia la puerta. Da un paso adelante, lista para hablar, pero el profesor Cromwell-Smith se gira hacia ella y dice suavemente:

—No hoy, querida. Por favor, acércate la próxima vez. Que tengas un buen día —su tono es amable pero distante, mientras termina de guardar sus cosas.

Al principio, la joven se siente desilusionada por su respuesta. Pero cuando sus ojos captan la expresión cruda y dolorosa grabada en el rostro del profesor, vacila.

«Va a ser demasiado doloroso», reflexiona, abrazando sus libros contra su pecho mientras se apresura a salir del aula. *«No podré dejar de asistir a su próxima clase»*.

Mientras tanto, el profesor Cromwell-Smith sale del aula, sus pasos lentos pero firmes. La sonrisa agridulce de alguien que ha llevado tanto el peso como la bendición del amor verdadero cruza su rostro. Un par de lágrimas se deslizan por sus mejillas mientras siente la liberación de emociones largamente enterradas, dejándolas salir por fin.

Capítulo 14

Enfrentando una perdida

El profesor Cromwell-Smith pedalea sin rumbo fijo por los tranquilos caminos secundarios del campus, el ritmo familiar de su bicicleta ofreciendo escaso consuelo a sus pensamientos turbulentos. El peso progresivo de la pérdida se cierne sobre él, obligándolo a enfrentarse a lo que tanto ha intentado evitar. No es el inicio de su historia de amor, ni el mágico cuento de hadas que se desplegó a lo largo del camino, sino su final abrupto y devastador. Cuarenta años después, debe revivir el dolor crudo de su pérdida una vez más. Sin embargo, la catarsis de la sesión anterior lo ha llevado al lugar correcto. Se siente sereno y en paz con los hermosos recuerdos del pasado que tanto atesora, incluso en medio de la tristeza.

Totalmente sumergido en sus pensamientos, apenas percibe el camino bajo sus ruedas ni se da cuenta de que ha llegado al edificio de la facultad. Para cuando aparca su vieja bicicleta, la carga sobre su corazón ha cambiado ligeramente, asentándose en una silenciosa resolución. Todavía absorto en su ensueño, camina lentamente por los pasillos de la universidad. Solo cuando entra en el aula, los murmullos de sus estudiantes y el leve crujir del papel lo traen de vuelta a la realidad. Sus miradas expectantes lo anclan, proporcionándole la chispa que necesita para comenzar.

«Estoy listo», se dice a sí mismo, con una calma resuelta. Tomando un momento para centrarse, aclara la garganta, su voz firme pero cargada de reverencia.

—Hola a todos. Hoy quiero compartir con ustedes algo profundamente personal —dice, su tono sereno pero cargado de emoción—. En la vida, todos debemos lidiar con pérdidas. Algunas son más difíciles que otras. Hoy compartiré la mía con ustedes a través del prisma de la poesía. Todo comienza con una carta que escribí a la señora V.

—✦—

Querida señora V.,

Le escribo con el corazón encogido y la triste noticia de que Victoria y yo ya no estamos juntos. Un día, simplemente desapareció del campus. Sin una nota, sin una despedida. Sus estudios abandonados, su número de teléfono desconectado.

Tomé un tren hacia el sur de Illinois en busca de respuestas, pero el viaje fue en vano. Todo lo que encontré fue una casa vacía, y sus vecinos estaban tan sorprendidos como yo. Se ha ido, señora V., así, sin más. ¡Puf! Desapareció.

Han pasado tres meses y pronto me graduaré. Estoy completamente perdido. Es como si una parte de mí hubiera sido arrancada, dejando un vacío profundo e imposible de llenar.

Señora V., duele—duele en lo más profundo. Pero aún no me he rendido. Le envío adjunto un pequeño escrito que he hecho especialmente para usted...

Nuestros lazarillos existenciales

De todos los "y si" y "peros" que enfrentamos,

ninguno es más poderoso

que aquellos que provienen de quienes

nos imparten lecciones de vida

y nos ofrecen su sabiduría.

Podemos fingir

que no les prestamos atención,

pero, en realidad,

lo escuchamos todo.

En algún punto del camino,

esperemos que más temprano que tarde,

esas palabras de sabiduría,

casi siempre,

finalmente encuentran su lugar.

Mientras ordenamos todo lo demás,

son esas verdades sabiamente dichas

las que, en el momento justo,

nos guían, quizás nos evitan errores,

o incluso, después de los hechos,

nos muestran qué hacer,

quizás incluso cómo sanar,

para la próxima vez.

*

Querida señora V.,

Aunque he aprendido a no quedarme atrapado en el pasado, sino a atesorarlo, he escrito lo siguiente para evocar la presencia de Victoria, transformando la añoranza y el vacío de su ausencia en un mundo de recuerdos verdaderamente maravillosos.

Si te pudiera encontrar en algún lugar del universo

Si pudiera tocar las estrellas

con mi corazón,

la oscuridad de la noche se tornaría

en rojos de rosas y rojos de fuego.

Si pudiera alcanzar el cielo

con mis sueños,

los colores y tonos del día

se convertirían

en blancos inspiradores y azules apasionados.

Si pudiera moldear palabras

a partir de los momentos más conmovedores de la vida,

se transformarían

en infinitos matices de sabiduría.

Si pudiera ser simplemente arte,

del que alegra el espíritu,

florecería

en verdes de plenitud y amarillos de vida.

Si pudiera elevarme hasta la luna

y mirar hacia atrás

a nuestro planeta,

brillaría como un arcoíris,

convirtiéndose

en cada color que ha existido.

Pero si tan solo pudiera encontrarte,

en algún lugar...

ahí afuera en el universo,

mis sueños y mi pasión,

mi espíritu y mi alma,

mi vida y mi corazón,

y todo mi mundo,

se convertirían en ti.

Si tan solo pudiera encontrarte

en algún rincón del universo.

*

Querida señora V.,

También escribí sobre cómo imagino a Victoria en el futuro. Sueña con convertirse en doctora de la mente, ayudando a criminales, ¿y sabe qué? Realmente creo que será excepcional en ello.

Así que escribí para la futura ella, imaginando la mujer en la que se convertirá, y esto me ha ayudado enormemente a procesar mis sentimientos y aferrarme a la esperanza.

Esto es lo que escribí...

Una labor de amor

Qué ardua tarea es

navegar por los rincones más oscuros

de las mentes ajenas,

pero no de la propia—

esos senderos donde el suelo es inestable,

los cimientos están agrietados,

la tierra tiembla,

y algunos caminos de la vida son borrosos,

desprovistos de luz y carentes de bienestar o felicidad.

Pero quizás no hay labor más difícil

que enfrentar mentes

que no solo carecen de propósito y sentido en la vida,

sino que además son potencialmente

o inherentemente

malévolas, arteras, imprudentes o delirantes—

o que simplemente se aman a sí mismas

tanto que no dejan espacio ni cuidado por nadie más.

Qué labor tan dura es hacer el bien,

elevar y mejorar la mentalidad

de quienes más lo necesitan.

Qué tarea tan imposible parece ser

hacerlo por aquellos que buscan redimirse,

aquellos que anhelan una segunda oportunidad,

aquellos en quienes muy pocos confían o creen.

Qué trabajo tan duro.

Qué tarea tan imposible.

Qué hermoso trabajo de amor.

Eso es lo que harás,

y eso es lo que dejarás en tu estela.

Eso es lo que habrás logrado.

¿Qué más puedo hacer?

Por favor, comparta su sabiduría y guíeme, mostrándome una salida a este dolor.

Su aprendiz, aún aficionado y aspirante a poeta, Erasmus Cromwell-Smith.

El profesor Cromwell-Smith baja lentamente las hojas de papel, su mirada perdida en los recuerdos que acaba de traer de vuelta a la vida. La sala permanece en silencio, cada estudiante atrapado en la intensidad del momento.

Respira profundamente, sintiendo el peso de las palabras que aún flotan en el aire.

—El duelo nos transforma, mis queridos estudiantes —dice finalmente, su voz serena pero cargada de sentimiento—. Lo importante no es solo aprender a dejar ir, sino saber cómo llevar lo que hemos perdido en nuestro interior sin que nos consuma.

Y con eso, la clase se sumerge en una profunda reflexión, cada uno de ellos explorando, a su manera, el significado del amor, la pérdida y la resiliencia.

El profesor Cromwell-Smith se ve abrumado por la emoción, al igual que el alumnado que lo rodea. Para muchos, la pregunta persistente es cómo logró transformar un dolor tan profundo en una poesía tan sentida. Un par de lágrimas recorren lentamente su rostro, marcado por la pena, mientras sus labios apretados tiemblan, atrapados en un torbellino de duelo contenido.

Cuando termina de leer la carta y los tres poemas, su voz aún porta el peso de las emociones de su juventud. Deja los papeles sobre el atril, sus manos permaneciendo sobre ellos como si se resistieran a soltar los recuerdos que representan. El auditorio sigue en completo silencio, los estudiantes inmóviles, cautivados por la vulnerabilidad pura de su historia.

Con una expresión de profunda emoción, cierra los ojos brevemente, inhalando hondo, como si se despidiera una vez más de los recuerdos que han resurgido. Al abrirlos, la calidez de la reminiscencia aún brilla en su rostro. Su mirada recorre la sala, encontrándose con la intensidad callada de sus alumnos.

—La pérdida, mis queridos amigos —comienza, su voz firme pero impregnada de emoción—, nos enseña a atesorar lo que tenemos, a abrazar la belleza de los momentos y a encontrar significado incluso en el dolor. Permitidme que exploremos juntos estas lecciones.

Al concluir su lectura, el profesor se toma una pausa, su mirada recorriendo la sala. Sus ojos reflejan una mezcla de nostalgia y una tranquila determinación mientras se inclina ligeramente sobre el atril.

—Me gustaría escuchar sus pensamientos o preguntas sobre la lección de hoy —invita, su voz cálida y alentadora.

Una mano se levanta en el centro del auditorio.

George, un estudiante de sociología conocido por su naturaleza inquisitiva, alza la mano. Sus facciones afiladas y su curiosidad constante lo han convertido en una presencia habitual en los debates de la clase.

—Profesor, en *Ordenando el Resto*, describe la sabiduría como algo que llega en el momento adecuado. ¿Cómo podemos distinguir entre la verdadera sabiduría y un consejo que quizá no sea aplicable a nuestra situación?

El profesor asiente pensativo.

—George, la verdadera sabiduría suele resonar en lo más profundo de nosotros. No se trata solo de su aplicación inmediata, sino de cómo se alinea con tus valores y con las lecciones que ya has aprendido. Reflexionar sobre un consejo y compararlo con tus propias experiencias ayuda a separar la sabiduría genuina de aquello que quizás no encaje en tu camino.

George anota en su cuaderno, sus ojos brillando con interés.

Otra mano se alza desde el fondo del aula.

Rose, una estudiante de psicología con un enfoque en relaciones y comportamiento, alza la mano. Su voz serena transmite una confianza tranquila mientras pregunta:

—Profesor, en *Si Pudiera Encontrarte en Algún Lugar*, usa una imaginería vívida y cósmica. ¿Cree que añorar lo que hemos perdido puede ayudarnos a crecer emocionalmente, o más bien nos mantiene atrapados en el pasado?

El rostro del profesor se suaviza.

—Esa es una pregunta muy perspicaz, Rose. La añoranza es un arma de doble filo. Puede inspirar crecimiento al conectarnos con la belleza de lo que hemos experimentado, pero también puede anclarnos en el pasado si nos rehusamos a seguir adelante. La clave está en el equilibrio: honrar el pasado mientras abrazamos el presente y el futuro.

Rose asiente lentamente, reflexionando sobre su respuesta.

Otra mano se alza en la primera fila.

Jacqueline, una estudiante de historia con gran interés en la simbología, toma la palabra. Su tono es reflexivo al preguntar:

—Profesor, en *Una Labor de Amor*, escribe sobre la dificultad de ayudar a otros a navegar por sus sombras. ¿Cómo cree que este tipo de trabajo transforma a la persona que ofrece ayuda?

El profesor esboza una leve sonrisa.

—Jacqueline, ayudar a otros de manera tan profunda requiere una gran fortaleza y compasión. Puede ampliar nuestra empatía y resiliencia, pero también pone a prueba nuestros propios límites. Este proceso no solo transforma la vida de quienes reciben ayuda, sino también la del que ayuda, dejando en él una comprensión más profunda de la naturaleza humana y de su propia capacidad de amar y perseverar.

Los ojos de Jacqueline brillan mientras anota sus palabras, visiblemente conmovida por la conexión que ha establecido.

A medida que las preguntas llegan a su fin, el profesor Cromwell-Smith echa un vistazo al reloj, su expresión suavizándose en una sonrisa reflexiva.

—Gracias por sus preguntas, mis queridos estudiantes. Recuerden, la pérdida y la añoranza no son solo fuentes de dolor, sino también oportunidades para el crecimiento y la comprensión más profunda. Que tengan un día maravilloso y nos vemos la próxima semana.

Los estudiantes comienzan a recoger sus pertenencias, sus rostros pensativos e inspirados. A medida que salen en fila, la mirada del profesor recorre la sala, deteniéndose brevemente en el asiento vacío donde normalmente se sienta la joven de cabellos dorados. Una punzada de inquietud lo atraviesa, aunque la ahoga rápidamente, centrándose en los pocos estudiantes que aún permanecen en el aula.

Después de la sesión, el profesor se queda una hora más, respondiendo preguntas de un grupo reducido de alumnos que prefieren esperar a que el resto se retire. Un joven alto, de complexión robusta, espera hasta que los demás se marchan.

Notando la mirada sutil del profesor, le habla en voz baja.

—Hoy no vino —dice, refiriéndose a la joven de los rizos dorados.

—Ah, está bien —responde el profesor en voz baja, su tono apagado. Con una leve inclinación de cabeza, se aleja hacia su despacho, aunque una extraña sensación se instala en lo más profundo de su estómago, una que no logra sacudirse. Se detiene brevemente, respira hondo y continúa su camino, su mente cargada de pensamientos no expresados.

Capítulo 15

Enfrentando una perdida

Esta mañana, el profesor Cromwell-Smith se siente dichoso. Después de tantos años, finalmente se ha permitido abrazar por completo los buenos recuerdos de su única experiencia con el verdadero Amor. Al salir de casa, silba con alegría y monta su bicicleta con renovada energía.

La verdad sea dicha, nunca encontré a nadie más, murmura, como si intentara justificarse a sí mismo. *Excusas, excusas y más excusas. ¡Mírate! Sin familia, atrapado en el tiempo, viviendo en una casa de cristal detrás de un jardín amurallado, protegiéndote del mundo.* Su frustración lo hace reprenderse a sí mismo, y su bicicleta tambalea ligeramente.

«No, no, no», piensa, recuperando rápidamente el equilibrio. *«Desenterrar el pasado ha traído de vuelta todos estos hermosos recuerdos. Es simple: ella fue y sigue siendo el Amor de mi vida».* Lágrimas de pura felicidad comienzan a acumularse en sus ojos mientras pedalea, perdido en sus pensamientos, debatiéndose internamente.

«Estás lejos de ser perfecto, Erasmus», le desafía una voz más sombría en su mente. Su propio reflejo interior se refuerza, sacudiendo y tambaleando su disposición radiante con el peso de viejas heridas autoimpuestas.

Pero el profesor Cromwell-Smith lo aparta con determinación. *«Las heridas autodestructivas no funcionarán conmigo hoy»*, razona con calma. *«Me siento en paz, lleno de maravillosos recuerdos sobre el verdadero Amor de mi vida».* Poco después entra al gran auditorio y lo encuentra abarrotado. La gente incluso está sentada en los pasillos, ansiosa por escucharle hablar.

«*Esta vez, esperaré hasta que termine la clase. Seguro que estará disponible*», piensa la joven de los rizos dorados, con la firmeza de su decisión.

—Buenos días, clase. Continuemos con el viaje —dice el profesor, con voz cálida y firme—. Debo confesar que muy pocas personas que he conocido igualan la visión positiva de la vida y la actitud inspirada de la señora V. Ella simplemente cree que cada día que estamos vivos es un regalo precioso que no debe desperdiciarse, sin importar las circunstancias.

—❖—

Hoy estoy tomando uno de mis últimos exámenes antes de la graduación, así que su carta no podría haber llegado en un momento más oportuno. Es un impulso de moral de mi eterna y empedernida animadora. Con gran expectación, reservo una hora completa para leer la esperada misiva. Lo que no sé es que resultará ser una de las mejores lecciones de vida que jamás haya aprendido.

—❖—

Querido Erasmus,

Se me partió el corazón al leer tu carta. Qué difícil puede ser asegurar el verdadero Amor. Primero, el Amor debe encontrarte; luego, las circunstancias y el momento deben alinearse, pero después estamos nosotros—nuestros propios miedos e inseguridades—y otros que se interponen en el camino. Y finalmente, está la vida misma, con todos sus giros y vueltas, sus altibajos.

Mi muchacho de corazón roto, creo que muy pocos realmente comprenden lo escurridizo, frágil y efímero que puede ser el verdadero Amor. Pero la vida sigue. Aun cuando añores y atesores lo que tuviste, los remordimientos empiezan a acumularse, amenazando con devorar el precioso y escaso tiempo que te queda en el Planeta Tierra.

Debes mantenerte despierto, mi alma joven y adolorida.

¡Todavía hay maravillas en la vida esperando ser disfrutadas allá afuera! Aquí tienes algo al respecto que espero que te alcance antes de que el arrepentimiento se filtre en ti...

—◆—

Las palabras de la señora V. parecen saltar de la página, envolviéndome con su sabiduría y empujándome hacia adelante. En un trance, sigo leyendo...

—◆—

Existe una vida por vivir a tu lado

¿Hay algo—sí, algo—

que buscamos,

pero nunca alcanzamos?

¿Hay alguien—sí, esa persona—

a quien esperamos,

pero nunca encontramos?

¿Hay alguien—cualquiera—

a quien no necesitamos,

pero nunca nos deja?

¿Hay un lugar—ese lugar—

que extrañamos,

pero nunca visitamos?

¿Hay un momento

que queremos recuperar,

pero se ha ido para siempre?

¿Hay algo—sí, algo—

que necesitamos,

pero nunca buscamos?

¿Hay muchas, muchas cosas

que debemos aprender,

pero nunca lo hacemos?

¿Hay unas pocas palabras—esas palabras—

que podríamos o deberíamos haber dicho,

pero nunca pronunciamos?

¿Existe alguien

que nos brinde alegría y felicidad,

pero a quien no valoramos?

¿Hay un momento en el tiempo

que lamentamos,

pero que ya es demasiado tarde para cambiar?

¿Hay un amigo o ser querido

que nos da tanto,

sin pedir nada a cambio,

pero a quien no apreciamos lo suficiente?

¿Hay un instante, un lugar, una pausa
en el que deberíamos detenernos
y reflexionar,
pero seguimos adelante sin hacerlo?

¿Hay un secreto—ese secreto—
que debimos haber conocido o compartido,
pero nunca lo hicimos?

¿Hay un pasado—ese pasado—
que eventualmente nos alcanzará,
pero nunca nos preocupamos por corregir?

¿Hay una espera—una larga espera—
que soportamos en vano,
y que abandonamos sin volver a intentarlo jamás?

¿Hay familia y amigos—sí, familia y amigos—
a quienes debemos amar y valorar,
pero no lo hacemos lo suficiente?

¿Hay un pequeño gesto
que deberíamos haber dado,
pero no dimos?
¿Hay un amor verdadero—sí, ese amor—
esperándonos,
pero nunca nos atrevemos a ir por él?

¿Hay un Dios

a quien temer, en quien creer y con quien acercarnos,

pero fallamos en hacerlo?

¿Hay felicidad

por descubrir y disfrutar en todas partes,

pero no la encontramos?

¿Hay inspiración

en muchas cosas pequeñas, simples y esenciales,

pero no somos capaces de notarlas?

¿Hay compasión

para ofrecer generosamente a los demás,

pero que no sentimos en nosotros mismos?

¿Hay perdón

que debemos conceder,

pero no nos atrevemos a darlo?

¿Hay esperanza

para una vida mejor y nuevas oportunidades,

pero la abandonamos?

¿Hay tanto

que podríamos proporcionar,

pero no lo hacemos?

¿Hay tanto que los demás necesitan—

sí, necesitan de nosotros—

pero no nos damos cuenta?

¿Hay un futuro que no debe posponerse?

¿Hay un mundo—nuestro mundo—

para ser vivido, aprovechado y disfrutado

con espíritu y deseo?

¿Hay una vida

sin excusas ni remordimientos,

sin resentimientos ni cargas del pasado?

Un mundo para dar, recibir y disfrutar—

una vida, nuestra vida,

la única que tenemos,

la única que tendremos jamás.

¡Sí! La hay.

Hay una vida y un mundo

esperando ser vividos,

dispuestos para todos nosotros,

y están sucediendo en este mismo instante.

*

Sal ahí fuera y vive. No te des tregua alguna, porque estar enamorado de alguien que ya no está no te impide vivir plenamente. Joven Erasmus, la vida no se vive desde las gradas.

En el fondo, todos queremos ser felices, pero cada uno de nosotros debe descifrar el enigma de la felicidad. Y te aseguro que la clave para resolverlo no está en desconectarse, sino en estar absolutamente inmerso en la vida.

Mi querido, el siguiente escrito es algo que atesoro profundamente. Siempre lo tengo a mano y vuelvo a él con frecuencia. Espero que tú también lo hagas...

El verdadero éxito en la vida consiste en ser feliz

La vida no es un deporte para meros espectadores.

Si buscas entretenimiento, lo tendrás,

pues la vida ofrece innumerables opciones

en un carrusel interminable.

Pero cuando el espectáculo termina,

el entusiasmo y la diversión se desvanecen de inmediato,

porque ser un espectador

hace imposible capturar y retener

la pasión y el propósito de lo que otros hicieron.

La felicidad nunca dura mucho

para quien solo la contempla desde la distancia.

La sensación de vacío

de una vida sin significado

se siente cuando estás solo por la noche
con tu propia almohada.

Puedes celebrar y regocijarte
con las victorias y derrotas de otros todo lo que quieras,
pero solo será un instante fugaz.

Al final, sigues siendo tú,
y nada ha cambiado.
La vida, en cambio, es un deporte de participantes,
donde se juega con pasión y propósito,
trayendo felicidad y significado.

Estos perduran solo mientras
sigas entregándote y dejando el alma
en todo lo que haces.

Una vida con pasión y propósito
es aquella donde eres el protagonista.

Es una vida en la que te levantas y caes,
triunfas y pierdes,
amas y eres amado,
una vida en la que das mucho más
de lo que recibes o tomas.

Es una vida en la que te atreves, tropiezas, resistes
y nunca dejas de intentarlo ni te rindes.

Una vida curiosa e inagotablemente aprendiendo.

Es una vida en la que te sumerges por completo,
una vida con significado, una vida plena.

En una vida así, la felicidad no se persigue,
sino que sucede,
como un resultado natural de la participación activa
en la plenitud de la existencia.

Porque, al final, lo que realmente buscas
es éxito existencial.
Lo que en verdad anhelas
es una vida lograda.
Pero el éxito y los logros
nunca pertenecen a los espectadores.
Son de aquellos que se atreven a participar.

El mayor y más verdadero éxito de la vida
es la felicidad:
una dedicación constante,
una vida creando incesantes
círculos virtuosos
que nunca terminan.

Joven Erasmus, el reloj de la vida no se detiene. Tu batería se agota con cada día que pasa. No querrás despertarte un día y darte cuenta de que tu vida se ha esfumado.

Pero permíteme advertirte: después de una ruptura, uno debe ser especialmente cauteloso con volver a enamorarse de inmediato, sobre todo cuando el impulso está alimentado por la riqueza o el éxito. Hay cosas en la vida que pueden engañar fácilmente al corazón. Pasiones de ese tipo no son verdaderas; son meras infatuaciones impregnadas del vacío de lo material. Lejos de la seguridad que prometen, solo traerán tristeza y soledad, especialmente cuando te encuentres solo por la noche con tu propia almohada.

No sé si aún te queda suficiente tiempo en Harvard, pero si es así, hazme un favor—y esta vez, hazlo por mí:

Encuentra una novia dulce, devota y amorosa.

*Ahora, querido muchacho, hay una última cuestión de importancia. Sabemos que pronto volverás a casa tras tu graduación, y quiero mencionarlo porque el Sr. Morris, el Sr. Newton y yo hemos preparado una reunión especial solo para ti. Por consentimiento unánime, la hemos llamado **"La Sesión Final"**. Será el cierre oficial de tu tutelaje bajo este ecléctico trío. Cuídate mucho, especialmente ahora, cuando estás tan vulnerable.*

Con todo mi amor,
Mrs. V.

— ✦ —

La joven de los rizos dorados llora en silencio, abrumada por la emoción, y luego se desliza discretamente fuera del aula, incapaz de terminar la clase.

Ahora entiendo mucho más, piensa, secándose las lágrimas mientras asimila la certeza de que volverá a perderle.

Mientras tanto, el profesor Cromwell-Smith recorre la sala con una humilde gratitud reflejada en su mirada, encontrando los ojos de sus alumnos a medida que regresan al presente.

Al concluir la lectura de la carta de la señora V. y los poemas que la acompañan, el profesor deja con suavidad la misiva sobre el atril. Permanece inmóvil por un instante, permitiendo que el peso de las palabras se asiente en la sala. Los estudiantes siguen enmudecidos, sus expresiones reflejan la resonancia emocional de la historia que acaban de escuchar. El profesor escanea el auditorio con una mirada que combina tristeza y gratitud, esbozando una leve sonrisa.

—Estoy abierto a sus preguntas —dice con un tono acogedor y reflexivo, dando inicio a la discusión.

Una mano se alza cerca del centro del auditorio.

—Sí, adelante —anima el profesor.

La mano pertenece a Mia, una estudiante de Filosofía con especial interés en temas existenciales.

—Profesor, en *Hay una vida por vivir ahí fuera*, el poema repite constantemente la pregunta "¿Hay...?" antes de responder afirmativamente al final. ¿Por qué el autor eligió esta estructura y qué nos enseña sobre cómo superar la pérdida?

El profesor asiente, con una expresión contemplativa.

—Mia, la estructura refleja el proceso del duelo y la introspección. Las preguntas retóricas crean un ritmo reflexivo, guiando al lector a confrontar oportunidades perdidas y arrepentimientos. Al terminar con un rotundo "¡Sí!", el poema nos recuerda que, incluso frente a la pérdida, la vida ofrece infinitas posibilidades de renovación y alegría.

Es un llamado a la acción, una invitación a no permitir que la pérdida nos defina o paralice.

Mia sonríe, visiblemente conmovida, mientras anota con avidez en su cuaderno.

Otra mano se alza en la parte trasera de la sala.

—Sí, al fondo —responde el profesor.

La mano pertenece a Caleb, un estudiante de Escritura Creativa conocido por su análisis minucioso.

—Profesor, en *El verdadero éxito en la vida consiste en ser feliz*, el poema diferencia entre espectadores y participantes en la vida. ¿Cómo se relaciona esta idea con el concepto de felicidad como algo que "surge" en lugar de algo que se "persigue"?

El rostro del profesor se ilumina con una leve sonrisa.

—Excelente observación, Caleb. La diferencia es crucial. Los espectadores son pasivos: observan la vida, pero no participan plenamente en ella. En cambio, los participantes se sumergen en los altibajos de la existencia, creando significado a través de su involucramiento. La felicidad "surge" porque es el resultado natural de esta inmersión deliberada. No es algo que perseguimos, sino algo que brota espontáneamente cuando vivimos con propósito y pasión.

Caleb asiente, visiblemente inspirado por la explicación.

Una tercera mano se alza cerca del frente.

—Sí, adelante —dice el profesor, con la mirada atenta.

La mano pertenece a Cynthia, una estudiante de Literatura especializada en resiliencia y sanación.

—Profesor, en *Hay una vida por vivir ahí fuera*, el poema enfatiza la importancia de notar las alegrías y oportunidades simples de la vida. ¿Cómo podemos cultivar esa conciencia, especialmente en medio del duelo?

La expresión del profesor se suaviza.

—Cynthia, el duelo suele estrechar nuestro enfoque, dificultando la visión más allá del dolor. Para cultivar la conciencia, debemos buscar intencionalmente momentos de gratitud y conexión. Se trata de reentrenar nuestra mente para reconocer la belleza y la posibilidad, incluso en los detalles más pequeños: una sonrisa, una palabra amable, un instante de reflexión. La poesía es una herramienta poderosa en este sentido, pues capta la esencia de esas verdades simples pero profundas de la vida.

Cynthia asiente, su pluma volando sobre su cuaderno mientras anota sus palabras.

Una última mano se alza con timidez en un lateral.

—Sí, adelante —anima el profesor con una cálida sonrisa.

La mano pertenece a William, un estudiante de Filología Inglesa fascinado por la interacción entre forma y significado en la literatura.

—Profesor, en *El verdadero éxito en la vida consiste en ser feliz*, el poema sugiere que la felicidad está ligada al significado y a la participación. ¿Cómo mantenemos ese compromiso ante los desafíos inevitables de la vida?

El profesor hace una breve pausa, con la mirada pensativa.

—William, los desafíos de la vida ponen a prueba nuestra determinación, pero también profundizan nuestro sentido del propósito. Mantenerse comprometido requiere perseverancia: seguir esforzándose, dando y conectando, incluso cuando parece difícil. Se trata de encontrar significado en el esfuerzo mismo, abrazando tanto el proceso como el resultado. Los desafíos, cuando se enfrentan con resiliencia e intención, a menudo conducen a una mayor plenitud.

William se recuesta en su asiento, claramente conmovido por la reflexión del profesor.

—Nuestra próxima clase será nuestra sesión final —anuncia el profesor con una sonrisa agridulce—, como lo fue también para mí en aquel entonces.

Sus ojos recorren el auditorio, pero se percata de que la joven de los rizos dorados ya no está.

Estuvo aquí antes. Ojalá pueda hablar con ella en la próxima sesión, piensa.

Mientras la clase se dispersa, un grupo de estudiantes se reúne a su alrededor.

—Se le ve mucho mejor, profesor —observa uno de ellos.

—Así es —responde él con un leve asentimiento—. Ha sido un giro inesperado en el camino. No hace mucho, estaba al borde de la muerte. Me quedaban apenas unas semanas de vida.

Hace una pausa, dejando que sus palabras resuenen entre los estudiantes.

—Pero aquí estoy, sano otra vez. Así es la vida, ¿ven? De no ser así, ¿cómo habría podido compartir mi historia con ustedes?

El profesor se aleja con pasos firmes, dejando tras de sí una atmósfera de nostalgia colectiva. Aunque los estudiantes esperan con ansias la última sesión con el profesor Cromwell-Smith, no pueden evitar desear que su clase no terminara nunca.

Capítulo 16

La fórmula de la felicidad

Erasmus Cromwell-Smith pedalea por las calles del campus mientras el calor sofocante de la mañana de verano se adhiere a su piel como una segunda capa. Las gotas de sudor se acumulan en su frente, y su camisa se pega incómodamente a su espalda. Sin embargo, a pesar de la opresiva temperatura, se siente preparado. Pedalea con determinación, con la mente despejada y enfocada, listo para presentar el capítulo final de su viaje.

Al llegar al edificio de la facultad, desmonta de su bicicleta con propósito y avanza a paso firme hacia la entrada. Mientras se limpia la cara con un pañuelo arrugado, una leve sonrisa se dibuja en sus labios. En el aire flota esa familiar expectación que ha aprendido a valorar profundamente.

Al entrar en el aula, se encuentra con una multitud aún mayor que la de la sesión anterior. Los estudiantes están sentados hombro con hombro, algunos incluso ocupan los pasillos, sus rostros iluminados por la expectativa. Se detiene por un momento, tomando consciencia de la escena, antes de ofrecer un cálido saludo.

—Buenos días a todos —dice, su voz proyectándose con facilidad sobre el murmullo de la sala.

A medida que los últimos estudiantes toman asiento, da un paso adelante y suspira profundamente, con una expresión que mezcla gratitud y solemnidad.

—Durante estos últimos meses, me habéis acompañado en un viaje de descubrimiento y sabiduría. La poesía ha sido nuestro telescopio, permitiéndonos contemplar el vasto universo de la vida. Hoy, concluimos con lo que resultó ser uno de los momentos más memorables de mi existencia.

— ✦ —

Después de graduarme en Harvard, regreso a casa para una última visita antes de trasladarme definitivamente a América. Al llegar, recibo una invitación bellamente ilustrada, pintada a mano, enviada por mis tres mentores. En ella, me convocan a una gran sesión final en la que compartirán conmigo más sabiduría y darán por concluido oficialmente mi tutelaje.

Dos días después, a la hora acordada, entro en la tienda del señor M. y los encuentro relajados y sonrientes, con los ojos rebosantes de calidez. Me reciben con un entusiasmo efusivo, con abrazos de oso incluidos, haciéndome sentir como si tuviera tres padres adicionales.

Entonces, el señor M. despliega una gran lámina de papel y la fija a la pizarra, revelando un triángulo.

—Querido aprendiz, te presentamos… La Fórmula de la Felicidad. Es el cierre perfecto para nuestra mentoría. Junto con las muchas lecciones que has recibido, estoy seguro de que te ayudará a vivir una vida inspirada y plena.

Mis mentores, que han retomado su habitual actitud estricta y articulada, me observan atentamente mientras examino la figura geométrica.

— ✦ —

El profesor Cromwell-Smith interrumpe su relato brevemente para activar su tableta y conectar el proyector del auditorio. En cuestión de segundos, la imagen de un triángulo ilumina la pantalla para que todos puedan verla. Luego, reanuda su historia...

Mientras contemplo la figura con asombro, el señor M. se acerca y coloca suavemente sus manos sobre mis hombros.

—Mi eternamente curioso aprendiz, esta figura revela las tres actitudes que debemos adoptar simultáneamente en la vida para que la felicidad surja. Primero, encuentra tus pasiones y vívelas plenamente. Segundo, mantén un ritmo que esté en sintonía con tus pasiones. Y tercero, mantente siempre atento y comprometido con tu vida: captura cada momento y sé siempre agradecido por lo que tienes. A continuación, encontrarás los tres pilares esenciales que forman la base del Triángulo de la Felicidad.

—El primero es el Amor, la clave para desbloquear los tesoros, poderes y fortalezas de tu corazón. El segundo es el Equilibrio, que solo puede lograrse a través de una vida emocional estable que actúe como el cable de soporte. Y el tercero son los Valores: los principios familiares, morales y espirituales que constituyen la raíz de la base. Juntos, estos elementos sostienen el Triángulo de la Felicidad.

—Por último, estas tres actitudes y pilares fundamentales son igualmente importantes. Son fuentes auténticas de felicidad, estrechamente conectadas e interdependientes. Este ecosistema de felicidad es donde nace la inspiración y donde prospera. Nos impulsa a un estado noble de sublime deseo y a una condición altamente funcional que saca lo mejor de cada uno de nosotros.

—Recuerda siempre esto, Erasmus: una persona inspirada es un mago, ¡un mago de la vida! —concluye el señor M. con júbilo.

—Joven aprendiz, los tres hemos trabajado ardua y meticulosamente para crear este regalo final para ti, —añade el señor N., con un tono solemne pero cálido.

—En él se sintetiza todo lo que te hemos enseñado. El triángulo y este escrito delinean un camino de vida que deseamos que sigas.

Me entrega el manuscrito y me pide que lo lea en voz alta. Al comenzar, me doy cuenta de que contiene la Fórmula de la Felicidad en un nivel de detalle intrincado, entretejiendo las enseñanzas de mis mentores en una guía cohesiva y profunda para la vida.

La Fórmula de la Felicidad

A veces, esperamos que, por el mero hecho de estar vivos,

la felicidad sea algo con lo que tropezamos

con absoluta certeza.

Pero esperar que la felicidad ocurra

por azar o por suerte

es lo mismo que esperar una recompensa sin mérito,

un premio sin esfuerzo ni lucha.

En otras ocasiones, deseamos

que la felicidad sea producto de un hechizo mágico,

un encantamiento, un sueño o una ilusión.

Pero no hay muchos hechiceros entre nosotros,

porque los "magos de la vida" son muy difíciles de encontrar,

ya que la fórmula para convertir los sueños en felicidad

es una virtud excepcional que pocos poseen.

¿Por qué la felicidad es tan esquiva,

inesperada y efímera?

Si alguna vez la encontramos, ¿sabremos reconocerla?

Y si lo hacemos, ¿la disfrutaremos?

¿Seremos conscientes del privilegio

y la atesoraremos para siempre?

Algunos creen que,

para obtener la felicidad, hay que perseguirla,

que es necesario un esfuerzo consciente para hacerla realidad.

Otros creen que la felicidad surge,

como una consecuencia de algo,

como un resultado posterior,

y que, por lo tanto,

es el desenlace natural

de la forma en que elegimos vivir nuestras vidas.

También hay quienes afirman

que la felicidad solo se manifiesta

en contraste con la tragedia y el sufrimiento.

Pero el dolor y la aflicción

rara vez conducen al éxtasis.

Entonces, ¿cómo encontramos la felicidad?

¿La hallamos

a través de la intención y el deseo de ser felices?

¿O la descubrimos

en los caminos y senderos

que decidimos recorrer voluntariamente

hacia la tierra de la alegría?

La respuesta reside en la Fórmula de la Felicidad,

una sinergia de tres actitudes interconectadas

y tres pilares de apoyo.

— ✣ —

Primero:

Encuentra tu Pasión.

La pasión es el motor de tu vida.

Descubre lo que amas y hazlo.

Reconoce aquello que te apasiona

y aférrate a ello, pues aumentará en gran medida

las posibilidades de que tus talentos y habilidades

sean empleados de la mejor manera posible.

Cuando haces lo que amas,

el esfuerzo, la energía, la determinación,

la disciplina y la persistencia

se vuelven irrelevantes, sin obstáculos.

Cuando sigues tu pasión,

experimentas la mayor satisfacción, orgullo

y sentido de realización.

Cuando te entregas a lo que te apasiona,

no hay peros, excusas ni dudas que frenen el inicio.

No te convences de no actuar

ni eludes tus responsabilidades.

Pero para ser maestro en algo

se necesita tiempo, crecimiento, madurez,

determinación, fracasos, talento innato y, sobre todo, pasión.

— ✤ —

Segundo:

La productividad requiere Ritmo.

El ritmo es la velocidad de giro de tu motor de vida.

Es el compás con el que ejecutas y entregas.

Es tu nivel de eficiencia.

Sin ritmo ni tempo,

te sentirás rápidamente abrumado,

y el motor de tu vida se ralentizará.

En el mundo actual,

un motor sin las revoluciones adecuadas

se sobrecalienta y se satura en un instante.

Para manejar el ritmo frenético de la vida moderna,

para ser altamente funcional

y mantener un alto nivel de productividad,

debes actualizarte constantemente,

para así operar a un ritmo

acorde con tus objetivos.

—�֍—

Tercero:

Estar vivo requiere Conciencia.

Captura tu vida con plena consciencia.

No podemos ser meros espectadores de nuestra propia vida,

debemos estar completamente involucrados,

ser participantes activos,

absorbiendo cada instante

tal y como se nos presenta.

No podemos posponer la vida,

ni permitir que nuestros días transcurran

uno sobre otro

mientras los observamos en un estado de apatía.

Debemos estar eternamente agradecidos

por lo que tenemos y recibimos cada día,

y por los compañeros de viaje en nuestra existencia.

La pasividad está fuera de toda posibilidad.

La acción es un imperativo existencial.

—�֍—

Pero para que la felicidad prospere, se necesitan tres pilares

fundamentales:

Primero:

Se necesita Amor para ser feliz.

El amor es la base de la felicidad.

El amor verdadero ocurre

cuando tu corazón deja de pertenecerte solo a ti.

Entrega tu amor sin reservas

y hazlo con pasión.

Segundo:

Se necesita Equilibrio entre el trabajo y el disfrute.

Establece y mantén tus prioridades en armonía.

El equilibrio solo puede existir

si hay una vida emocional estable debajo.

Se alcanza a través de la práctica

y de un estilo de vida saludable.

Tercero:

La felicidad se alimenta de Valores sólidos.

El carácter y la virtud se construyen

a partir de valores espirituales, morales y familiares,

a través de la fe, la verdad, la honestidad

y los lazos inquebrantables del amor.

A partir de este ecosistema de felicidad,

basado en tres actitudes esenciales

(Pasión, Ritmo y Conciencia)

y los tres pilares que lo sostienen

(Amor, Equilibrio y Valores),

nace la Inspiración,

el único estado capaz de generar

una felicidad continua.

Porque la inspiración es la esencia de los magos…

los magos de la vida.

Al terminar mi lectura, el señor M. da un paso al frente.

—Erasmus, aquí tienes un resumen de la Fórmula de la Felicidad, —dice con tono profesional, como si intentara distanciarse de sus emociones. Luego, comienza a leer…

*

El Amor, el Equilibrio (Balance) y los Valores

son los fundamentos de la Conciencia, la Pasión y el Ritmo.

Cuando verdaderamente amamos,

cuando llevamos un estilo de vida equilibrado,

cuando vivimos de acuerdo con nuestros valores familiares,

morales/éticos y espirituales,

poseemos las claves para una felicidad continua.

Entonces,

Cuando hacemos lo que amamos y lo hacemos con pasión,

cuando vivimos con intensidad, ritmo y compás,

cuando capturamos, exprimimos

y *vivimos* cada instante de nuestra existencia,

y cuando nos enfocamos en dar

y lo hacemos también con pasión,

¡SOMOS SIMPLEMENTE FELICES!

Cada uno de estos elementos

es una fuente auténtica y legítima de felicidad.

Pero la fuente suprema de una felicidad constante

es un estado noble de sublime deseo,

un nivel elevado de hipersensibilidad,

capaz de sacar lo mejor de cada uno de nosotros,

y esto es:

¡LA INSPIRACIÓN!

La inspiración nos conduce a estar inspirados,

a ser **Personas Inspiradas**, magos de la vida,

y a vivir

¡UNA VIDA LLENA INSPIRACIÓN!

*

Y así, mi tutelaje ha llegado a su fin. Mis tres mentores se agrupan a mi alrededor y, en completo silencio, cada uno estrecha mi mano con firmeza, aunque brevemente. Aparte de un efusivo beso en la mejilla de la señora V., el momento es solemne y profundamente significativo.

Al despedirme de mis melancólicos mentores, me invade una inmensa sensación de orgullo y gratitud por cada uno de ellos.

—Estoy listo para la vida. ¡Mundo, aquí voy...! —declaro, mis palabras de despedida impregnadas de determinación y emoción, mientras el trío me saluda desde la puerta de la tienda del señor M. Camino sobre los adoquines, dirigiéndome a casa, listo para abrazar lo que el destino tenga preparado para mí.

—— ✦ ——

Cuando el profesor Cromwell-Smith concluye la lectura de *La Fórmula de la Felicidad* y sus poemas acompañantes, la sala queda sumida en un profundo silencio, la audiencia completamente cautivada por la sabiduría compartida.

Hace una pausa, su mirada recorriendo a los estudiantes, permitiendo que el peso de la lección se asiente en sus mentes. Finalmente, se aparta del atril, su expresión abierta pero reflexiva.

—Estoy abierto a preguntas, —dice con voz firme pero cálida.

Inmediatamente, una mano se alza desde el centro del auditorio.

—Sí, adelante, —anima.

La mano pertenece a Caroline, una estudiante de filosofía conocida por su naturaleza inquisitiva.

—Profesor, en *La Fórmula de la Felicidad*, la pasión se describe como el 'motor de la vida'. ¿Cómo podemos descubrir qué es lo que realmente enciende esa pasión dentro de nosotros?

—Es una excelente pregunta, Caroline, —responde el profesor con tono pensativo. —Descubrir tu pasión requiere una disposición a explorar y reflexionar. Se trata de notar qué te brinda alegría, energía y satisfacción. A menudo, las actividades que nos hacen perder la noción del tiempo o que nos desafían de manera significativa contienen la clave de nuestras pasiones. Presta atención a esos momentos y deja que te guíen.

Caroline asiente, tomando notas con una expresión contemplativa.

Otra mano se alza desde la parte trasera de la sala.

—Sí, en la parte de atrás, —reconoce el profesor.

La mano pertenece a Leonardo, un estudiante de escritura creativa con un talento especial para la metáfora.

—Profesor, en el poema se enfatiza que el ritmo es crucial para la productividad. ¿Cómo encontramos un equilibrio entre mantener un ritmo alto y evitar el agotamiento?

—Buena pregunta, Leo, —responde el profesor. —El ritmo no se trata de velocidad constante; se trata de encontrar un compás que se alinee con tus objetivos y capacidades. Implica establecer límites, priorizar tareas y reservar tiempo para el descanso y la reflexión. Cuando comprendes tus propios límites y trabajas dentro de ellos, puedes mantener un ritmo que te sostenga en lugar de agotarte.

Leonardo sonríe, visiblemente inspirado.

Una tercera mano se alza cerca del frente.

—Sí, adelante, —dice el profesor, dirigiéndose al estudiante.

La mano pertenece a Peter, un estudiante de psicología fascinado por los debates sobre la autoconciencia.

—Profesor, en *La Fórmula de la Felicidad*, la conciencia se describe como esencial para vivir plenamente. ¿Cómo podemos cultivar esa conciencia en nuestra vida diaria?

La expresión del profesor se suaviza.

—Pete, cultivar la conciencia comienza con estar presente. Prácticas como la meditación, escribir un diario o incluso hacer una lista diaria de gratitud pueden ayudar. También se trata de notar los pequeños detalles: la forma en que la luz se filtra por una ventana o la calidez de una interacción amable. Cuando participas activamente en el mundo que te rodea, profundizas tu conciencia y enriqueces tu experiencia de vida.

Pete asiente, su bolígrafo deslizándose rápidamente por su cuaderno.

Una última mano se alza vacilante en el centro del auditorio.

—Sí, adelante, —anima el profesor con una leve sonrisa.

La mano pertenece a Daniel, un estudiante de literatura intrigado por el concepto de inspiración.

—Profesor, el poema describe la inspiración como la fuente suprema de la felicidad. ¿Cómo nos aseguramos de que la inspiración no sea efímera, sino que se convierta en una fuerza continua en nuestras vidas?

—Una pregunta perspicaz, Daniel, —dice el profesor.

—La inspiración florece cuando permaneces curioso y abierto a nuevas experiencias. Se trata de cultivar relaciones, buscar conocimiento y desafiarte a ti mismo para crecer. La gratitud también juega un papel importante: reconocer la belleza y el significado en tu vida crea un terreno fértil para una inspiración sostenida.

Daniel se reclina en su silla, visiblemente conmovido por la respuesta, sus pensamientos girando en torno a las palabras del profesor.

A medida que las preguntas llegan a su fin, el pedagogo echa un vistazo al reloj, su expresión suavizándose en una sonrisa agridulce.

—Gracias por sus preguntas tan reflexivas, mis queridos estudiantes. La fórmula que discutimos hoy no es solo una guía; es una forma de vida. Llévenla con ustedes mientras navegan por sus propios caminos. Recuerden, la felicidad no es algo que se encuentre, sino algo que se cultiva.

El profesor Cromwell-Smith está eufórico, pero emocionalmente exhausto, como si hubiera cruzado la meta de una larga y ardua carrera donde todos los competidores eran distintas versiones de sí mismo. Sabe que ha terminado— se ha quedado sin palabras.

—Gracias a todos. Esto fue..., —Gesticula con ambas manos como un director de orquesta, invitando a la audiencia a unirse a él. Lo comprenden al instante, y juntos proclaman al unísono:

—¡ABSOLUTAMENTE GENIAL!

Con una gran y amplia sonrisa, inclina la cabeza en señal de respeto. No tiene nada más que añadir—pero la vida sí.

Mientras el eco de su canto compartido se desvanece, el auditorio estalla en aplausos y vítores.

Y entonces la ve en la multitud: la joven de rizos dorados, levantando la mano, saltando, intentando llamar su atención.

Interrumpiendo los aplausos, el profesor alza la mano y dice:

—¡Un momento, por favor!

Girándose hacia ella, pregunta:

—¿En qué puedo ayudarte, jovencita?

De repente, ella comienza a hablar, las palabras brotando apresuradas como si no hubiera un mañana.

—Profesor Cromwell-Smith, asistí a una de sus clases el año pasado cuando leyó un hermoso poema de Pablo Neruda. En ese momento, me prometí que este año seguiría todo su curso. Ha sido una de las decisiones más trascendentales que he tomado en mi vida. No sabía entonces—ninguno de nosotros lo sabía—que se desviaría del plan de estudios y compartiría su vida con nosotros a través de la poesía. Desde la primera clase, una imagen comenzó a tomar forma. Mucho antes de que hablara de enamorarse, yo ya lo sabía, — dice, su voz temblando de emoción.

—Profesor, mi madre nunca ha dejado de amarlo. Por eso no tuve la fuerza para asistir a una de sus últimas clases, ya que supuse correctamente que trataría sobre la separación. Los padres de mi madre simplemente no querían que se casara con usted; querían que se casara con alguien que habían elegido para ella desde su infancia. Así es como terminó casándose con mi padre y tuvo tres hijos, de los cuales yo soy la menor. Cuando mi padre falleció el verano pasado, después de cinco años de una enfermedad agonizante, los tres decidimos encontrar al hombre al que mi madre siempre ha adorado, venerado y amado: usted.

—Dios obra de maneras misteriosas, profesor. No tardamos en encontrarlo y, en mi caso, en conocerlo y entender al hombre que mi madre considera su otra mitad. Su único y verdadero amor en la vida.

El nudo en la garganta del profesor Cromwell-Smith lo deja momentáneamente sin palabras, incapaz siquiera de respirar.

Mientras reúne fuerzas para responder, otro giro inesperado en el camino se revela.

Desde lo más alto de las gradas, una voz del pasado lo llama:

—¡Erasmus!

Su corazón se detiene por un instante mientras alza la mirada. Ahí está ella, por primera vez en más de cuarenta años. Su voz familiar tiembla, cargada de una sutil vacilación y una angustia latente. Es una emoción profunda—primal, incluso. Se siente como un lamento y una súplica a la vez, brotando directamente del corazón anhelante de su otra mitad, saturado de una alegría pura y un amor innegable que el tiempo jamás logró extinguir.

—Estoy aquí, —proclama ella. —Estoy aquí, mi amor, —afirma, mientras el tiempo se detiene y el verdadero amor, inquebrantable ante décadas de separación, los envuelve una vez más.

Palabras de despedida del autor

La historia de amor de mis padres continuó por otros veinticinco años. La vida aún les tenía reservado otro giro inesperado cuando la hija mayor de mi abuela, Elizabeth Victoria, y su esposo Jordan—mis padres biológicos—fallecieron en un accidente de tráfico. Como consecuencia, Erasmus y Victoria, quien en aquel momento era mi abuela, me adoptaron y me criaron como su hijo, y por eso los considero mis verdaderos padres. Y así fue, su historia fue un 'amor verdadero' y, efectivamente, vivieron felices para siempre.

Esta es la segunda razón existencial por la que decidí contar esta historia: al hacerlo, sus vidas serían honradas y preservadas.

Al final, sin embargo, queda una pregunta que sigue sin respuesta: ¿Por qué mi padre nunca contestó a la petición de Mrs. V. sobre cómo conquistó el corazón de mi madre? Quizás ese, y su vida juntos antes y después de la separación, sea un *rabbit hole* que valga la pena explorar.

Erasmus Cromwell-Smith II
Escrito en T.D.O.K.
6 de marzo de 2050

Cronología

1954	1958	1976	1977
Nace Erasmus	Nace Victoria	Se conocen	Victoria desaparece

1978	1984	1995	1997
Victoria se casa	Victoria se gradua como Psicóloga Criminalista	Nace su primer hijo	Nace su segundo hijo

1999	2011	2016	2017
Nace su tercer hijo	Esposo de Victoria tiene cáncer	Esposo de Victoria muere	Erasmus y Victoria se encuentran

2018	2019	2042	2050
Nace Erasmus II primer nieto de Victoria	Mueren padres de Erasmus II en un accidente de auto. Victoria y Erasmus lo adoptan	Mueren Victoria y Erasmus con un mes de diferencia	Erasmus II escribe **The Happiness Triangle**

Tabla de contenido

Índice de Poemas

Agradecimientos

A los miembros ad-hoc del comité pseudoeditorial de *El Equilibrista*, ustedes son un grupo ecléctico y diverso de autores publicados, historiadores, pedagogos e intelectuales. Pero, ante todo, ustedes son serios lectores. Adam, Andric, Barry, Christian, Mark, Mitch, Rafael, Tony y Willy. Sus comentarios fueron invaluables. Tan importante como eso, fue el hecho de que todos ustedes tuvieran una conexión emocional fuerte y una reacción profunda ante el libro. Fue altamente gratificante e inspirador, lo que hizo al final de este viaje tan intenso aún más significativo.

A mi equipo, Amy, Ana Julia (rip), Alfredo, Andrea, Charles, Elisa, Maria Elena y MaryAnn (rip). Sin su talento, creencia, motivación y trabajo duro, este libro no habría sido posible.

El Triángulo de la Felicidad no habría sido posible sin la creencia inquebrantable y el apoyo de mi comité ad-hoc pseudoeditorial. Una vez más, sus comentarios fueron invaluables, su entusiasmo sumamente inspirador y su compromiso emocionalmente gratificante. ¡Han sido INCREÍBLEMENTE IMPRESIONANTES! A lo largo de todo el proceso.

Un agradecimiento especial debe ir a Daniel Dorse por su magnífica interpretación de cada uno de los audiolibros de *El Equilibrista*. Sé, valoro y respeto la cantidad de esfuerzo y pasión que pusiste en estas preciosas artes de la palabra hablada.

Finalmente, solo gracias a la fe ciega y al apoyo de mi familia pude llevar a cabo este trabajo de manera independiente y sin las restricciones de editores comerciales o filtros de revisión, lo que resultó en hacer de *El Equilibrista* una creación genuina y auténtica. Me permitieron liberar al mundo una obra que es precisa, palabra por palabra, de la manera en que la concebí y en la forma que creé. También les doy las gracias.

Sobre el Autor

Erasmus Cromwell-Smith es un escritor, dramaturgo, poeta y pedagogo estadounidense. Ha publicado 32 libros en los géneros de autoayuda, poesía, literatura juvenil, educación y ciencia ficción.

9 798987 311523